生まれくる天使のために

タラ・T・クイン 作

小長光弘美 訳

ハーレクイン・イマージュ

東京・ロンドン・トロント・パリ・ニューヨーク・アムステルダム
ハンブルク・ストックホルム・ミラノ・シドニー・マドリッド・ワルシャワ
ブダペスト・リオデジャネイロ・ルクセンブルク・フリブール・ムンバイ

HER MOTHERHOOD WISH

by Tara Taylor Quinn

Published by Harlequin Japan, a Division of K.K. HarperCollins Japan, 2024

タラ・T・クイン

情感豊かな作風で知られ、USA トゥデイ紙のベストセラーリストにも載る大人気作家。その作品はイギリスで高い評価を受ける。全米や地方のテレビ番組にもしばしば出演している。

主要登場人物

キャシー・トンプソン……企業法務を扱う弁護士。
アラン・トンプソン……キャシーの父親。
スーザン・アンダーソン……キャシーの母親。
リチャード……スーザンの現在の夫。金融ブローカー。
マリリン……パラリーガル。
ウッドロウ・アレグザンダー……建築工事の監督。愛称ウッド。
ピーター……ウッドの弟。故人。
エレーナ……ピーターの元妻。ウッドの同居人。
クリスティーン・エリオット……不妊治療クリニックの経営者。

1

いつもとなんら変わらない一日のスタートだった。三十六歳のウッドロウ・アレグザンダー――知り合はみんなウッドと呼ぶ――はごろんと転がってベッドから下り、軽いパジャマのズボンをはいた。ウッドと完璧にタイミングを合わせて動くのが六歳になる雌犬で、ブロンドのラブラドールレトリーバー、レトロだ。レトロは自分の寝床からぴょんと飛び下りると、伸びをしてベッドの角をまわった。

レトロは〝回想〟の意味であるレトロスペクトの略だ。ウッドがトイレを使うあいだ、レトロがバスルームのあけ放したドアの前で見張りをする。終わると一緒に廊下に出てキッチンへ。居間や、その奥にある閉ざされたドアには近づかない。そこはもう一つの主寝室で、エレーナがまだ寝ているのだ。

コーヒーメーカーのスイッチを入れ、前妻と共通の好みだったダークコロンビアブレンドの豆で十杯分のコーヒーを抽出する。レトロは犬用のドアから庭に出ていった。エレーナと結婚していたころ、彼女の希望で、プールのそばにキーヴァ暖炉というアーチ型の開口部と丸みを帯びたフォルムが特徴的な暖炉を設置した。暖炉の左手にある屋外のキッチンスペースはウッドの手造りだ。薔薇《ばら》も育てた。奥の片隅には自分の作業小屋を建てた。そして、これもエレーナの要望なのだが、庭の残りの部分には手を入れなかった。伸びた雑草はウッドが刈るが、たくさんの木々が自由奔放に育って、固い地面のあちこちで根が盛り上がっている。整地しようかと言うと、でこぼこしているのがいいんだと言われた。

彼女が幸せならそれでいい。

レトロが戻ってくる前に、餌用のボウルにドッグフードを入れて、一杯目のコーヒーを手に裸足《はだし》で廊下を引き返した。閉じた二つのドア、すなわちエレーナと自分、それぞれの書斎の前を過ぎ、続くバスルームつきの客用寝室をちらとのぞいて、突き当たりの自分の寝室に戻った。

食事を終えたレトロが出入りできるように、ドアは少しあけたままにする。シャワーを浴びて髭《ひげ》をそった。エレーナがまだ弟の幸せな妻だったころ、少し髭を残してみたらと彼女に言われたことがある。挑戦したがだめだった。むずむずするのだ。体をふいて鏡の前に立ち、短いが量のあるブロンドの髪を櫛《くし》でといた。癖の強い髪は、丸顔のウッドより弟のピーターのほうがずっとよく似合っていた。

服を着て、父親の代からある年季の入った緑の肘かけ椅子に腰を下ろした。この椅子がウッドの部屋にあるのは、ほかのどの部屋にも合わないからだ。

作業用ブーツの靴紐《くつひも》を締めて、ユーティリティナイフをベルトに留めた。大工用の鉛筆を数本シャツのポケットに入れてから、再びキッチンに向かう。

レトロは部屋に戻ってこなかった。六月最初の木曜日である今日はエレーナと一緒に彼女の部屋に入り、シャワーを浴びる彼女を見守っていたようだ。夜はいつもウッドのそばで眠るレトロだが、ほかの時間は気まぐれで好きなほうにくっついている。

ベーコンを焼き、パンケーキの生地を作り、ソーセージとパンで簡単に昼食用のサンドイッチを作って、冷蔵庫に貼った買いものリストに〝パン〟とつけ加えた。食洗器にエレーナがトーストを食べた皿があり、ごみ箱にはヨーグルトのカップが捨ててあった。ウッドがシャワーを浴びているあいだに、彼女がコーヒーを飲みながら食べたのだ。いつものことだ。彼女とウッドのあいだには、同じ屋根の下で別々に暮らすための習慣ができあがっている。

座って食べようとしたちょうどそのとき、レトロがエレーナの部屋から飛び出してきた。すぐあとに黒髪の美しい女性が続く。エレーナは以前ウッドの弟と結婚していた。のちにはウッドとも。

「今日は連勤だから、私の車がなくても心配しないで」そう言う彼女はすでに肩から鞄《かばん》を提げていた。白衣を着ていて、その下はほぼ毎日着ている水色の医療用スクラブだ。ウッドは甘いパンケーキの塊を飲み込んで頷《うなず》いた。「行ってきます」彼女は鍵束を手に早くもドアへと向かっている。

「ランチはいいのか？」

彼女は保冷バッグを常に冷凍庫に入れている。残りものか、もしくはヨーグルトと果物などを毎朝それに詰めるのだ。ウッドが彼女の姿を見るのは、ほぼこの時間だけだった。離婚はしたが、お互い家は出たくない。彼女一人で家を維持していくのも金銭的に無理だったため、ウッドがエレーナの部屋のむこうに別の小さな玄関を造ることで、彼女がウッドを気にせず自由に出入りできるようにした。

「今日は病院で買うわ」

ウッドは何年もそうするように言ってきた。もったいないと彼女は言った。以前はウッドの金だった。

今の彼女は核医学を専門とする放射線科医で、来年がレジデントとしての最終過程だ。よってそれなりの稼ぎもある。状況は変化していた。

「気をつけてね、ウッド」彼女はもう一度言って、ドアに手をかけた。

「君も気をつけて」ウッドも返した。

まじないのような二人の決まり文句だ。口にしなければ互いのそばを離れられない。こうなったのも同じ悲しみを経験したからだ。

食事のあとは皿を洗い、レトロをちょいとなでてやってからランチの包みをつかんで外に出た。目的地は遠くない。ここから八キロ弱の場所に建設中の豪華な集合住宅で、新しいオーシャンフロント医療複合施設のすぐそばだ。だが、枠組み工事の監督としては、のんびり出勤というわけにもいかない。

一キロ半ほど進んだところで電話が鳴った。たぶん誰かの欠勤連絡だ。ダッシュボードに目をやって番号を確認した。知らない番号だった。仲間の職人であれば名前が出る。プロジェクトのボスである建設業者も同様だ。電話は留守電にまわした。

知らない人物からの〝ミスター・アレグザンダー？　こちらは警察です……〟で始まる恐ろしいメッセージ以外は返事をするつもりはない。そのとき、携帯電話がメッセージの着信を告げた。

職人用の駐車スペースにトラックを止めてから、メッセージを聞いた。発信者は〈ペアレント・ポータル〉。不妊治療専門のクリニックで、狭いマリーコーヴにある医院にしては広く名が知られている。折り返し電話がほしいという内容だった。

ばかみたいにほっとした。エレーナに何かあったわけではなかった。ウッドの心配の対象は彼女しかいない。用件は弟のピーターに関することだろう。弟はそのクリニックで婦人科のレジデント時代の大半を過ごしている。表示された番号にかけて座席にもたれると、トラックが一台、また一台、と駐車場に入ってきた。ウッドが厳選した職人たちだ。今日もカリフォルニアの六月の太陽の下、彼らは一生懸命仕事に励み、何千という2×4材や4×6材に釘《くぎ》を打って建物の骨組みを造っていくのだ。

「ミスター・アレグザンダー？　私は〈ペアレント・ポータル〉の代表でクリスティーン・エリオットと申します……」

女性は発信人表示でウッドからだとわかったようだ。まさか個人の携帯につながるとは思わなかった。受付を通すものとばかり思っていたのだ。

「すぐに連絡をいただけてよかった。できるだけ簡潔にご説明します」

　重要な話なのだと代表は言った。故人である弟を表彰したい、といったところか。クリニックができて間もないころ、弟はレジデントの業務以外でもボランティアでいろいろと協力していた。あとでエレーナに知らせて、彼女のほうから電話させよう。こういう話はエレーナのほうが適任だ。

　四台目のトラックが入ってきた。あと二台来れば仕事が始められる。ウッドはまだ一言も言葉を発していない。女性だけが話しつづけている。

「あなたと連絡をとりたいとの要求がありました。とにかく急を要する問題でして……」

「連絡をとりたい？」聞き間違いか？

「あなたの精子のレシピエントからです」

　ウッドは駐車場から顔をそむけてかぶりを振った。

「今ごろなんのお話ですか？」

「あなたの精子は四カ月前に使われて、無事妊娠に至りました。レシピエントの女性は現在妊娠四カ月で、どうしてもあなたと話す必要があると」

　僕の精子。意味を理解するだけで数秒かかった。

　何年も前、弟のピーターがクリニックで働きはじめたころのことだ。クリニックは精子提供者を必要としていて、ピーターはウッドに連絡してきた。弟のためなら協力は惜しまない。提供自体に抵抗はなかった。ただ、記入する必要事項の多さには辟易《へきえき》した。中でも、学歴と職業の欄が問題だった。

「僕は母が死んで高校を中退しています。働いて弟を養うためです。そんな僕の精子なんて誰が選ぶんですか」そこははっきり言っておかなければ。彼女が捜しているのは僕ではない。あっ、とウッドは気がついた。「もしかして……ピーターのほうですか？」死んだことは聞いているはずでは？　弟はもう働いてはいない。自身の医師免許取得をエレーナと祝っていたとき、二人の乗った車に飲酒運転の車が正面から突っ込んできて……。

「いいえ、記録に関しては細心の注意を払っています。凍結保存された精子は間違いなくウッドロウ・アレグザンダーのもので、ピーターのものではありませんでした。弟さんですが、本当にお気の毒でした。葬儀には私も参列していました……」

会っていたとしてもわからなかったろう。当時の列席者でウッドが名前を言えるのは半分以下だ。葬儀のときはエレーナの悲しみに――痛みに――寄り添うだけで精いっぱいだった。終始片手を彼女の車椅子に添えて、このまま無事病院に戻れるよう心の中で祈っていた。そもそも病室を出ていい体ではなかったのだ。自分の悲しみは……。そっちのほうは一人で対処した。時の力と、ウイスキーの力を借りた。一年以上たったころ、中身を半分残したまま最後のボトルを捨てた。以来酒は飲んでいない。

「でも信じられませんよ。医者のドナーだってたくさんいるのに、高校を中退した男の精子を選ぶ人がいるだなんて」ウッドは話を引き戻した。

「あなたはご家族の健康歴がすばらしいんです。それに背が高くて、瞳は青で、髪はブロンド。書かれた小文も……立派でした」

小文のことは忘れていた。精子を提供する理由について書かされたのだ。そういえば、弟のことを書いた記憶がある。昔から自慢の弟だった。三つ下でいつも後ろをついてくるちび助、というより、ウッドからすると息子のような存在だった。

「青い目とブロンドという組み合わせは、ほかのどの組み合わせより選ばれやすい傾向にあります」

「つまり、僕と血のつながった子供たちが、もう何人もどこかで動きまわっていると？」ウッドは少し考えてみた。確かにそうだ。ピーターはウッドの人間性とは関係なく、ウッドの精子に価値があると確信していた。

「いえ、まだ一回使われただけですから」

高揚する間もなく気持ちが沈み、ウッドはハンドルを叩《たた》いた。まあ、それがふつうだ。

「で……誰なんですか？　医者ではなく退学した男を選んだその女性は」おかしな選択をする女性の子供が、なんだかかわいそうになった。

「名前はキャシー・トンプソン。電話番号を伝える許可はもらっています。彼女のほうからかけてもらうこともできますし、第三者の同席のもと、こちらのクリニックで会っていただくことも可能です」

会わない、という選択肢はなかった。さすがは〈ペアレント・ポータル〉だ。ほかとは違う。ドナーもレシピエントも、相手に会いたい、会わなければと思った場合は、権利としてそれが認められている。精子がただの物質でないことや、感情や欲求がどこかで抑えられなくなる可能性をクリニックは知っている。だからこその権利だ。そこには法律面でのさまざまな制約もあった。弟の頼みを聞いて精子提供したときに大量の書類を書かされたのは、一つにはそれが理由だった。

「会いたい理由を聞かせてもらえますか？」

「それは本人の口から聞いてください」クリスティーンの口調が事務的なものに変わった。「私が言えるのは、緊急な用件だということだけです」

「妊娠しているのは確かなんですか？」

「はい」

「僕の子供なんですね？」

「あなたの精子が使われたという生物学的な意味では、そうです」

はい、はい。言いたいことはわかる。教育を受けていなくても、その程度の頭はあるのだ。

「だったら僕の電話番号を伝えてください。できれば今日の六時から十時のあいだでかけてほしいと。それが無理でも、五時より前は困ります」

仕事中に精子の話などできない。仕事を休むつもりもない。今まで欠勤したことは一度もないし、これからするつもりもなかった。

そうは思っても、厄介なこの連絡のことは仕事中ずっと頭を離れなかった。自分のファイルに何をどう記録したのか、具体的には思い出せないが、すべて正直に伝えたのは確かだ。嘘《うそ》やごまかしはウッド自身の信条に反する。

だとしたら何があった？　彼女が学歴の欄を見落としていた？　職業欄か？　だから精子を凍結したあとにドナーが出世していることを期待して、実際に会って確かめたいとか？

直接ちらとでも顔を見て、子供がどういう外見になるのか知っておきたい、という単純な理由なのかもしれない。

ただ、それだと緊急性がない。

ありえるのは、実際に妊娠して彼女の考えが変わった可能性だ。しかし、自分が何を求められているのか、ウッドには想像がつかなかった。

いや、大金を払って人工授精をするような人間が、そんなに簡単に考えを変えるとも思えない。

午後になると、ウッドは彼女の外見を想像した。どういう女性なのだろう。

自分とピーターを産んだ母に似ているところはあるだろうか。母は強くて、優しくて、愛情深い女性だった。父はウッドが五歳のときに心臓発作でこの世を去った。それから母は、我の強い兄弟を女手一つで育ててくれた。

終業時間が近づくころには想像の種もつきていた。緊急の用件で電話がかかってくるのはもうじきだ。ウッドは神に祈った。どうか、お腹《なか》の子に問題が見つかったという報告じゃありませんように。

そんな報告をされたところで、自分にはどうにもできないのだから。

2

お腹《なか》のふくらみはまだ小さい。エコー画像では灰色の手足が動いていた。重なる元気な二つの心音。自分の心音と赤ちゃんの心音だ。

日常生活で関わりの深い人たちにだけは、すなわち、法律事務所の同僚弁護士たち、母親と継父、何人かの友人には妊娠を報告してある。

キャシー・トンプソンは母親になる。画像上の一つの黒点に人生を支配されるつもりはないし、人生に終止符を打たれるのもごめんだ。生き方は変わるかもしれないが、そんな変化にも、ほかの問題同様、対応していくつもりでいる。

何かがおかしい、とは思っていた。超音波検査技師の笑顔が真顔に変わり、心拍を確認したときの明るい声かけが途絶えたからだ。じわじわ変化していった声のトーンがすべてを物語っていた。技師の女性は画像に何かを見つけた。だが、推測できる事実を口にできる立場にはなかったのだろう。

そんなわけで、昨日はエコー検査のあとに医師から説明を受けた。赤ちゃんの脳に影がある。血液に異常があるようだと聞かされて、キャシーは数分間放心状態だった。そしてパニックになった。しかし、最後にはどうにか心を落ち着かせた。昨夜は有能で冷静な独身に戻り、企業法務を扱う三十四歳の弁護士らしく、致命的な血液疾患についての文献を可能な限り探し出して基礎知識を頭に入れた。たまに中断したのは、妊娠がわかった日のクリニック帰りにお祝いで買ったテディベアを抱き締めるため。そして泣くためだった。

朝には一時的にだが涙も涸《か》れて、やることリストができあがっていた。新生児血液学を専門とする複数の医師への電話。さまざまな検査の依頼。それらはどれも、担当医が来週に予定を入れた羊水検査のさらに先を行く対応だった。あとは、たとえ早朝で迷惑をかけようとも、クリスティーン・エリオットに電話をして精子ドナーと連絡がとれるようにすること。たしか彼女は朝の六時からオフィスにいると言っていた。だめもとで電話をして、いなければメッセージを残すつもりだったが、運よく一度の電話でつながった。幸先《さいさき》がいい。

六月最初の木曜日だったこの日、午後五時になろうとするころには、キャシーは職場を出て家路についていた。自宅はマリーコーヴの町境のすぐ外、海岸沿いのさほど広くないゲートつき居住エリアの中にある。このころになると意識が昨日に、医師と話をしたあの時間に戻っていた。しっかりしなければ。何か生産的なことをしなければ。

悪いことが起こったときや苦しいときは、いつもどおりに起きて仕事を始める。立ち止まらず、何かしら手を動かす。解決するものはするし、しないものはしない。父が実際にそういう言い方をしたわけではなかったが、父のぶれない行動がキャシーにそう教えていた。キャシーの母が出ていくと言ったときも父は目をしばたたき、そして仕事に行った。

キャシーは四歳だったが、よく覚えている。

母が立派なキャリアを持つ金融ブローカーと再婚した日は、家族ぐるみの友人に頼んで、結婚式が終わりしだい父のもとに向かった。新婚旅行のあいだ、キャシーは父と過ごす予定だった。八歳のキャシーは父のことが心配でたまらなかった。行くと父は庭にいて物置小屋を作っていた。その週末は父を手伝いながら過ごした。むしろ邪魔だったろうと何年かあとになって思ったが、当時は大助かりだと父に言われて、すっかりその気になっていた。

Ａ２０３Ｂ４と呼ばれていた精子のドナーだが、今は名前がある。ウッドロウ・アレグザンダーだ。五時以降なら電話してもいいらしい。今は五時三分、つまり五時以降だ。

ダッシュボードの画面を見て、ハンドルのボタンを見た。ボタンを押せば通話ができる。

できるなら六時過ぎのほうがいいと聞いた。

一時間の違いで赤ちゃんの将来が変わるとは思えないが、待っている私がいらいらしてどうにかなりそうだ。最悪の事態が起こった場合は、ウッドロウ・アレグザンダーに頼るしかない。協力が得られることを一刻も早く確認して安心したかった。

五時四分。親指は通話ボタンの上にあった。ちょうど洗車場が視界に入った。キャシーは青いジャガーを場内に入れて料金を投入し、指示に従い洗車トンネルの中を自動で進む車列に並んだ。ピンクやブルーや白の泡がフロントガラスに渦を描く。赤ちゃんの色だと思った。パワフルな風が水滴を飛ばし、ワックスをかけたばかりの、艶《つや》やかなメタリックブルーのボンネットが現れる。終わるとバキューム設備のついたがらがらの掃除用区画に移った。

木曜日の夕食時に車を洗う人は少ないようだ。わかっていて来たわけではないが、助かったとキャシーは思った。自分の区画の掃除用ノズルに加えて、誰もいない隣の区画のノズルも使える。おかげでいつもの半分の時間で車内の掃除ができた。

これでまだ六時前なら、隣の駐車場で苦悶《くもん》の時間を過ごすところだったが、幸い時間は過ぎていた。やっと電話がかけられる。

レトロ——結婚式当日に犬を買うことはエレーナに相談すべきだったな、との回想《レトロスペクト》から名づけられたレトリーバー——が駆けてきた。くわえていたフリスビーをぽんとウッドの足元に落とす。

「いい子だ」ウッドはディスクを拾った。「待て」大きな茶色の目がじっと見つめてくる。思いきり遠くに投げたディスクは、木々のあいだを抜けて敷地の奥まで飛んでいった。ウッドは指示を待っているレトロに微笑《ほほえ》みかけた。「とってこい」レトロは獲物を見つけるべく駆けだした。今度もちゃんととってくるはずだ。ウッドがやめるまでレトロもやめない。夜にはときどき、こんなふうに一時間かそれ以上遊んでいたりする。犬には運動が必要だし、ウッド自身も犬と遊ぶのが楽しかった。

レトロが暗く沈んだ家に若さと生気をもたらしてくれたその日に、裁判所でウッドは結婚した。ウッドはボタンダウンのシャツにジーンズという格好で裁判官の前に立った。隣のエレーナもジーンズ姿で、少し泣きながら、二人を残して逝ったピーターの代わりにウッドを夫に迎えた。

レトロが走っているあいだに電話が鳴った。ウッドはシャツのポケットから携帯電話を出すと、知っている番号だとわかってすぐに応答した。

「ミスター・アレグザンダー？　お忙しいところお電話をして――」

「ウッドでいいですよ」さえぎったのはただ、声から緊張を感じて落ち着かせたいと思ったからだ。

「わかったわ、ウッド。電話を受けてくれてありがとう――」

「サインした書類に断れないとあったからね」ここでも彼女をさえぎり、状況の深刻さを察しながらも、軽い口調を心がけた。感謝はいらない。精子に問題があったとか、そのせいで子供に病気が見つかったとか、そんな話も聞きたくなかった。

だが、そうでなければこんなにあわてて電話をかけてくるはずがない。何かの問題は起きたのだ。わかっていた。わかっていても、どれだけ深刻な問題なのかを聞かされるのはいやだった。

訴えられることがないのは知っている。それも契約書に書かれていたから。帰宅するなり、隅から隅まで読みなおしたのだ。だが、もし彼女が経済的な負担を強いられていて、その原因の一端が自分にあるのなら、援助はしたいと思う。もう決心はついていた。エレーナがメディカルスクールを終えるまでの三年で目減りしたとはいえ、それ以前から働いて蓄えはそれなりにある……。

「すぐにすむわ。あらゆる可能性を考えて準備を万全にしておきたいだけなの。どうしてもきいておきたかったのは、万一のときに、あなたから骨髄を提供してもらえるかどうかよ……」

「それは構わない」ウッドは即答した。携帯電話を持ってじっと立ったまま、足元に置かれた青いディスクを見やり、ひたと見つめてくるレトロを見返しながら、骨髄の提供とはどういうことだろうと考えた。「まだ切らないでくれ。何があったんだ？」

「たぶん、何もない。念のためよ」

意味がわからない。「君が電話してきたのは、いつか子供が病気になって、僕の骨髄が必要になるかもしれない万一のときのためか？」心配するにしても度が過ぎているだろう……。

「そうじゃない」しばらく、彼女の息づかいだけが聞こえていた。呼吸が乱れている。「昨日エコー検査をしたの。そうしたら赤ちゃんの脳に黒い影が見つかって、血液になんらかの異常があるって。何かはまだわからないわ。一時的なもので、すぐ消える場合もあるとドクターは言っていたし。でも、きちんと検査をしないといけないらしくて」

「つまり……なんでもない可能性もある、か」そうか、ほっとした。一安心だ。「よし、わかった。骨髄が必要になったときは、もちろん提供する。子供を救うためなら誰だってそうするさ」

子供。僕の子供だ。正確には違うが血はつながっている。精子の提供については、最初からそこまで真剣に考えてはいなかった。僕のサンプルを精子コレクションに加えても意味はないだろう、とピーターに言ったことがある。ピーターの医者仲間もみんな提供していたのだから。

もう忘れかけていたといっていい。自分と似た顔の子供が町を歩く未来など、考えたこともなかった。その子が同じDNAを持つことも、自分の骨髄がその子の命を救うような状況もだ。

「ありがとう！」声のトーンが最初とはまるで違っている。明るい声だ。「もう二度と連絡せずにすめばいいのだけれど。でも、この心配をなくすことは、私にとって本当に大切なことだったの……」

今度こそ切られてしまう。「待って」僕の子供がこの世に生まれる。僕も何かすべきじゃないのか。万一のときのための骨髄ドナーとは別に、どんな形であれ責任は負うべきだろう。「ええと……もう少し教えてくれないかな」

「骨髄移植のこと？　何をされるのかとか？　私も医療には詳しくないけれど、ゆうべ調べてみて、かなり痛いらしいとわかったわ。あなたに嘘《うそ》はつけない。楽しい経験ではなさそうよ……」

「骨髄移植のことじゃない」レトロの真剣なまなざしが落ち着かなかった。ディスクを拾って投げると、あろうことかプールに落ちて、ウッドは天を仰いだ。レトロを行かせれば必ずとってくる。そのあとには濡《ぬ》れた犬の世話が待っている。「もっと知りたい。まだいろいろ検査をするんだろう？」

「ええ、来週に羊水検査があるわ」

一週間も待つのか。それはきついだろう。

彼女の隣に誰かいればいいのだが。「君は、結婚は？」

「していないわ。あなたは？　ああ、ごめんなさい。先に聞いておくべきだったわね。わずらわしい医療処置の話だもの、奥様にも相談しないと……」

エレーナは関係ない、と言おうとして思いとどまった。レトロを走らせ、正直に言った。「離婚しているんだ。ただ……」骨髄採取後に誰かの世話が必要なのだとしたら……。「まだ住まいは同じだ。居住空間は分けて出入り口も別々でね。だから、脊髄をとったあとに世話する人間が必要だとしても、彼女がいるよ」車で家に連れ帰ってもらうとか。

プールに飛び込む水音がした。戻ってくるレトロから冷たい水しぶきが飛んでくる。レトロはディスクを地面に置くと、ぶるぶるっと身を震わせた。

「最終的な決断を下す前に、別れた奥様と話し合ったほうがいい？」彼女の声が硬くなった。

こちら側にはなんの問題もないのだとわからせて、キャシーを安心させるつもりだったのに、よけいな心配をさせてしまった。

「いや、彼女は仕事中だ。彼女の同意は必要ない。もちろん、話はする」助けになる情報はなんでも提供したくて、ウッドはつけ加えた。「彼女はオーシャンフロントで働く放射線科のレジデントだ。あその医者はほとんど知っているようだから、何かあればサポートできる……」生きていればピーターもそうしただろう。「弟も医者だった」自分らしくないと思いながらも、弟の肩書きで信頼を得ようとするかのように言い添えた。「産婦人科だったよ」

ウッドはディスクをもう一度、庭の奥めがけて大きく飛ばした。レトロの毛を乾かさなければ。

「医者だった？　今は違うの？」

「五年と少し前に交通事故で死んだ」

「お気の毒に。えっ、待って。それって、高速道路の出口ランプを飲酒運転の車が逆走してきたという？　ドクターが一人亡くなったと……」

酔っていた運転手は未成年の十代で、殺人罪には問われなかった。あの事故のことは地元で二年以上にわたって報道されていた。

「ああ」ほかに言う言葉はなかった。同情はいらないし、ほしくもない。ほしいのは……。「担当のドクターはなんと？ ドクターの考えは？」医師であれば必ず仮説を立てる。そのほとんどが信頼できて、しばしば正しいことをウッドは知っている。

「エコー検査からは、動画に異常な箇所があったということしかわからないと言っていたわ。貧血かもしれないし、白血病、という可能性も……」

ウッドはレトロの頭にぱたんと手を落とした。一呼吸置いて、レトロがとってきたディスクを拾った。

「君のような検査結果で白血病になる割合がどれくらいか、ドクターは言わなかったかい？」事実が知りたい。ウッドは身を固くした。

「違う可能性は大きいと」優しい声だ。そばに行ってやりたいとウッドは思った。楽にしてやりたいのに、名前以外は居場所も、どういう人物なのかもわからない。「でも、断言はできないそうよ」

言い換えれば、本当にわからないということだ。医者の言葉づかいなら知っている。

「血液の問題には、ＲｈマイナスとＲｈプラスの血液が混ざるようなものもあるけれど、でもその可能性は妊娠前に除外されたわ」

今のキャシー・トンプソンは声だけの存在だ。もっと知りたい。僕の精子で妊娠した女性が、こうして苦しんでいるのだ。

「そばに家族はいる？ 支えてくれる人は？」ウッドはまたディスクを投げた。

「まだ誰にも話していないの」少し言いにくそうだ。「もう少しはっきりするまでは話したくない。自分の不安をどうにかするだけで精いっぱいなのに、ほかの人の不安まで気づかう余裕はないわ」

わかる。よくわかる。ウッドはしかし、こう指摘せずにはいられなかった。「助けてもらえるかもしれない。少しは楽になるかも……」ウッド自身は実感できなかったが、ほかの人は、例えばエレーナは違った。彼女はウッドやほかの人たちに何度も言っていたのだ。ウッドがいたから事故のあとでも生きてこられた。彼が守って、支えてくれたから、自分はだめにならなかったと。ウッドとしては、家族として当然のことをしただけだったのだが。

「心配されると、弱い人間になった気がするの」

そんなふうに考えたことはなかったが、気持ちは痛いほどよくわかった。「だったら、僕とランチでもどうかな？　僕は事情を知っている。だが、医療チームの延長のようなものだ。感情を気づかう必要もない。いや、変な下心があるわけじゃない」事態をややこしくしてしまったか。「本当だ」安心させる方法を考えたが、何も浮かばなかった。「助けになりたい……僕にできることならなんでもしたい。理屈は通っていると思う。骨髄が必要になる万一の場合を考えるなら、その前に顔を合わせておいたほうがいい。エレーナのほうから君に電話させてもいいよ。僕がどういう人間か、それでわかる」

「三人でランチというのは？」

悪くはない。エレーナも興味を持つだろう。彼女は家族だ。義理の妹で、少しのあいだ妻になって、別れた妻になって、今は？　うまくは言えない。ロマンスを抜きにした愛する家族だ。それでも、理屈では説明できないが、最初は一人で会いたいと思う。

「きいてはみるが、彼女は四年あるレジデント期間の三年目で、自由になる時間が少ないんだ」

「でもあなたは自由がきくのね？」

「毎日決まった仕事だ」彼女が四カ月前に読んだファイルの内容を忘れている場合に備えて言った。覚えていたとしても、ウッドの職業が回答を記入した六年前とは変わったと考えているかもしれない。

「退屈なくらい、スケジュールが決まっている」

「私もあなたには会ってみたい。あくまで精子のドナーとレシピエントとして」

「エレーナから電話させたほうがいいのかな？」ウッドはどこまでも誠実な態度を心がけた。

「そう思うのは変？」

こういう世の中だ。変ではないだろう。

「ごめんなさい」ウッドが電話の日時を決める前に彼女が言った。「私は弁護士なの。そのときに驚かされないよう、準備は完璧にしておきたくて……」

骨髄の必要性を想像するなりドナーに連絡したのはそのせいか。なるほど、腑《ふ》に落ちた。

「だけど、人生には避けられない驚きもあるよ」ウッドは静かに言った。「ランチの件は、気が向いたら言ってくれ。無理にとは言わない」エレーナを巻き込みたくはないが、キャシーが望むなら、そのとおりにするつもりだ。

「土曜日は？」

レトロは戻っていた。しばらく前からそこにいる。ウッドがディスクを投げるのをやめたせいだ。「じゃあ、時間と場所を指定してくれ」彼女はクリニック近くのレストランの名を出した。個人経営で広くて明るい、おいしいブランチで有名な店だ。ウッドも一度か二度行ったことがある。「君をどうやって見分ければいい？」どうしてまだエレーナには知らせたくないのか、その辺の事情は故意に省いた。子供の件は……僕の問題だ。

「自撮り写真を送るわ。あなたもお願いできる？」

「もちろん」手助けする許可が出て、ウッドはとたんにほっとした。そしてすぐに自分を落ち着かせた。お腹の子供に病気の可能性があって、それが自分のせいかもしれないのだ。会ってもらえるからといって喜ぶのはおかしい。

だが、僕が彼女の助けになれるとしたら……。だとすれば、喜ぶのは当然の反応だ。

3

キャシーは恋愛して結婚して永遠の幸せを手に入れることが嫌いなわけではなかった。誰かと一緒に人生の困難に立ち向かうのがいやなのではなかった。単純に縁がなかったのだ。恋愛はしようと思ってもできない。でも、家族は作れる。

まずは母と継父、次は友人、最後に弁護士事務所の同僚たちにすべてを話した。ためらいなく、堂々と。誰かが幸せにしてくれるのをじっと待っていたくはない。楽しみを見つけて幸せな人生を送ることが私の務めで、私は今それにとりかかっているところなのだ、と。

けれど土曜の朝、シャワーのあと精子ドナーとのランチに着ていく服を選ぼうとして、キャシーは迷った。身構えてしまったのだ。シングルマザーでいる理由を正当化しなければ、と思ったりもした。一人親の家庭を作る理由に彼は納得しないかもしれない。結婚相手を見つけられない自分は、能力不足だと思われるかもしれない。

どれもこれも、ばかげた心配だ。

彼はゆうべ写真を送ってきた。メッセージは見ていたが、まだ写真を開いてはいない。レストランに着くまでは必要のないものだ。

自分の写真は当日まで待って、その日の服装で撮ると決めていた。そのほうが彼も見つけやすいだろう。服の色は問題ではない。手持ちの服は全部黒と白で、たまに赤の差し色が入るくらいだ。ジーンズも、ビジネススーツも、ショーツも、レギンスも、水着もそう。無地でも、ストライプでも、格子柄でも、とにかく白と黒のものしか持っていない。

すぐに送らないのは、会う前からじっくりあら探しをされたくないという心理が働いたせいかもしれなかった。キャシーは美人ではない。カリフォルニアの標準からすれば特にそうだ。よくあるブロンドと青い瞳だが、目鼻立ちが優しいというより力強い。直線的で骨張っているのだ、顔も体も。背は百八十センチで、どこから見ても大柄だ。そうやって女性の平均身長を超えて成長したのに、胸だけは違う。大きくない。そしてキャシーは少女のようにくすくすとは笑わない。笑えない。

だが、角を丸く見せることはできそうだ。

よし、決めた。

絞り染めの白黒のサンドレス。短い袖がついているから、骨張った肩先を隠してくれる。足元には踵《かかと》のない黒いサンダルを合わせよう。

キャシーはいつもアイラインを引くが、それは頬骨の上にある目に気づいてもらうためだった。同じように必ずつけるピアスは、そのすぐ下にある角張った顎に注意を惹《ひ》かないようにするためだ。この日の朝はクリスタルとオニキスの三つの飾りがついたドロップ型のものが気に入って、左右の耳に三つずつある穴の一つにまずそれを、残り二つの穴に小ぶりなスタッズピアスを二つずつつけた。

髪はキャシーがいちばん自慢できる部分だった。長い髪はまっすぐに下ろした。艶《つや》やかで重さがあるから肩の印象を薄めてくれる。最後に鏡を一瞥《いちべつ》し、これが自分にできる最善だと確認すると、写真を撮ってすぐに送った。彼はどう思うだろう。考えるといつもの自信が薄れていく。

そして、不安が忍び寄ってきた。羊水検査で異常が出たらどうしよう。本当に赤ちゃんに問題があったらどうしよう。

冷静になったのは、車に乗ってからだった。私の外見なんてどうでもいい。好かれなくても構わない。

嫌悪感を持たれて、いざというときの骨髄提供の約束を反故《ほご》にされない限りは大丈夫だ。

そもそも、いざというときが来なければ、どんな対処も必要ないのだ。一週間鬱々と思い悩んでも、検査で問題なしと言われるかもしれない。そのときは、人生で特に楽しいはずのこの時期を、丸々一週間むだにしたということになる。

それに、すごい美人ではなくても、キャシーは人に好かれるほうだ。実際、方々から受ける誘いは時間の関係で、もしくは数が多すぎて受けきれない。

そうこうするうち、レストランの広い駐車場が見えてきた。表の区画は車の出入りが多くて出づらいので裏にまわる。駐車したあとは、すぐに遠くの海に目が行った。海は真の生命力を感じさせてくれる。奇跡は毎日起こっているのだとわからせてくれる。

そこで携帯電話を出して、メッセージアプリを立ち上げた。スクロールしてタッチ。ウッドロウ・アレグザンダーの写真が現れた。と、キャシーは思わず携帯電話をとり落としそうになった。

写真の男性は……想像とは違っていた。鮮やかなブルーの瞳に豊かなブロンドの髪。まさにセクシーなカリフォルニア男性の代表だが、それだけではなかった。顔立ちが……映画界の大スターかと思うほど整っている。キャシーの手が届くようなレベルではない。ふつうの妊娠では、絶対にこんな美形の男性が子供の父親になることはなかった。

胸騒ぎをどうにかしないと、ととっさに思った。不安はもうあふれ出す寸前だ。キャシーは子供の父親である写真の顔をしげしげと見つめた。この男性の遺伝子をお腹《なか》の子は受け継いでいる。

彼のすべてをすてきだと思いはじめている自分がいた。目尻の小皺《こじわ》さえもすてきだと思えた。過去に何を見てきたかを伝えているような皺だ。経験から得た知性を表している皺だ。

そしてこの目。目にはとりわけ驚かされた。視線がまっすぐなのだ。ものごとをあるがままに見る能力に優れているのだろうと思わせる。

それがどんな意味を持つかは別問題だが。

そろそろ車を出よう。レストランに入らないと。ここでウッドロウ・アレグザンダーに会うのは、子供に致命的な病気が見つかったときのためだ。その現実にちゃんと向き合わなければ。

そのとき、おかしなことが起こった。まっすぐに見返してくる写真の瞳を見ていると、彼が心を読んでこう言っている気がしたのだ。君は強くて有能な女性だ。何が起こっても乗り越えられる人だ。人生の大切な時間を、パニックになってむだにするような愚か者じゃないはずだよ。

たぶんそれは、自分を助けようとする心の声だ。

キャシーはどこにでも持っていくブランドものの黒い大きなショルダーバッグを手にとって所定の位置に携帯電話をしまうと、ジャガーのドアをあけ、すっと立った瞬間に、驚いて固まった。一メートルと離れていない場所からこちらを見ているのは――いつからそこにいたのだろう――写真の男性その人だった。鋭くはあっても、キャシーに強い自分を思い出させる何かに満ちたその視線は、写真で見たものとそっくり同じだった。

「ウッド?」キャシーは微笑《ほほえ》もうとした。頑張って作れたのは引きつった半笑いだった。片手を差し出して近づいた。少し間を置いて彼の隣に目をやった。一人かどうかを確かめるためだ。誰もいないとわかったが、それを喜ぶ理由は何もなかった。

一人だけだろうと、実際に会って話すのはきつい。かわいそうだと思われても平気だが、自分ではどうにもできない部分で同情されるのはいやだった。そう思うのも、父のようにはなりきれず、母に似た部分が表に出てくることがままあるせいだ。

「キャシー」彼は疑問形ではなく、確認するように名前を言った。真顔のままで、微笑むそぶりもない。賢い人だ。よく見せる必要などないのだから。

男の人と会ってもふだんは目の高さが同じだが、今はぐっと首を動かす必要があった。彼のまなざしに引き込まれて、そんな動きも自然にできた。

今までに会ったどんな男性とも違う。今この瞬間の非現実的な感覚は、一生忘れられない大切な記憶になると、キャシーは思った。

短パンとポロシャツとテニスシューズという服装の彼は、美しいカリフォルニア男性の集合体みたいな外見だった。特別大胆な印象でもない。尊大さも感じない。伝わってくるのは、キャシーを明らかに惹きつけている自分の容姿を、あるがままに受け入れているその雰囲気だけだ。

「会ってくれてありがとう」キャシーは軽く握手をしてすぐに手を離した。

「誘ったのは僕のほうだよ」そんな彼の指摘を受けて、今度こそちゃんと笑顔が作れた。

するとと急に食欲が戻ってきた。

よかった。栄養は二人分必要なのだから。

ウッドはハンバーガーを頼んだ。ふだんはあまり外食をしない。家では同居人のために選ぶ良質な食材に敬意を表して、健康的な夕食をとっている。数カ月前からエレーナへの金銭的な援助が不要になったのは事実だが、だからといって、別々に食事を作ってお金をむだにするのは不合理だ。

キャシーはシェフサラダを選んだ。安い小ぶりのサイズではなく、ふつうサイズだ。食べることを恥ずかしがらない様子に好感が持てたが、考えてみればそれも当然だった。彼女はウッドに気に入られたいのではない。ただ会いに来ただけだ。

偶然子供の父親となった男に会いたかっただけ。

ウッドはウエイトレスと話す彼女を見ながら雑念を振り払った。しかし、状況は少々複雑だ。感情と理性が争っている。前を走るのは感情で、これは問題を抱えた自分の子供に、家族に思いが行っている。対する理性は、その子供が自分の子でないと知っている。この戦いで勝つべきは理性のほうだ。

実際、結果はそうなるだろう。感情を排して何をすべきか見定めることができるのは、ウッドの持つ優れた才能の一つだからだ。

「ききたいことがいくつかあるんだ」ウエイトレスが二人の注文を確認し終えると、ウッドは言った。「答えたくなければ無理に答えなくていいよ。僕はなんとも思わない」

何しろこれは理性方面の自己満足だ。誰かを支える。ウッドが唯一自信を持っている分野だった。

そして、実際にやりたいことでもあった。人を助ければ、必ず自分に返ってくる。

「私もあるわ」彼女が微笑むと、飾らない美しさがより際立った。「いろいろ聞かせてほしいの。でも、まずはあなたから」テーブルに両肘をのせ、両手を組んで、どうぞという感じでウッドを見つめる。何かのインタビューを受ける人みたいだ。

まずは基本的なことからたずねた。そういえば、彼女は弁護士だと言っていた。医者と弁護士。自分の人生はどうも彼らと縁が深い。

今はそこに困惑が加わっていた。彼女のような知的な女性が、なぜ中途半端な教育しか受けていない男を子供の父親に選んだのか。

この問題はあとできこう。

彼女が暮らしているという住宅地はウッドも建設に関わっていたが、それを話すのはやめておいた。高額だからまだ手が出ないとはいえ、いつかは買いたいとウッド自身、前から目をつけている。キャシーの子供に金銭的な援助は必要なさそうだ。

今エレーナと住んでいる家は、もとから一時的な住まいだと割り切っていた。エレーナがメディカルスクールとレジデントの期間を終えるあたりが目安だろうと。同居で少しは蓄えもできたので、次の家にはそれなりの金額が出せると思っている。

引っ越すのは彼女と、そして自分に、出ていく心構えができてからだ。今は同居が快適だった。エレーナが独り立ちを望むまで見守ってやれるし、家族としての暮らしは心地よい。

「育ったのはマリーコーヴ？」ウッドはきいた。ウッドと弟のピーターはロサンゼルスの東にあるさびれた小さな町で育ったが、弟がマリーコーヴでレジデントとして勤務することになったのを機に、彼とエレーナの強い勧めで一緒に引っ越すことにした。弟夫婦は結婚して数年がたっていた。ウッドはビーチのそばに小さな家を見つけて一人で暮らした。そしてあの事故が起き、生活は一変したのだ。

キャシーはかぶりを振った。「生まれたのはサンディエゴよ。でも、高校までずっとミッションヴィエホの学校に通ったわ」彼女はマリーコーヴとロサンゼルスのあいだにある裕福な地名をあげた。

「ご両親は今もそこに？」家族の話には興味をそそられる。自分の家族が少ないからなおさらだった。

「ええ、母と母の再婚相手が」

「君のお父さんは？」

「死んだわ、私が十六歳のときに。海外に派兵されて、自爆テロに巻き込まれてね」

淡々とした話し方だ。彼女はウッドをまっすぐに見て、涙一つ浮かべていない。この表情なら知っている。自分の顔を見ているようだとウッドは思った。感情を切り離せるからといって、何も感じていないわけでは決してない。

ただ、彼女ほどうまくできる人はそういない。それを言うなら、ウッドほどうまくできる人も。

いや、慣れない状況のせいで変な空想をしているだけなのか。父が心臓発作で死んでからは、空想などしなくなっていたというのに。父が死んだのはウッドが五歳、ピーターが二歳のときだった。

「お父さんが家にいるときは、よく会っていた？」ウッドがきくと、軽く流してくれればよかったのに、という気配が彼女から伝わってきた。

「ええ、しょっちゅう。いつ行っても、どれだけいても、父がよければ母は許してくれたから」

「お父さんは、当時まだサンディエゴに？　君が学校に通っているころは？」

彼女はかぶりを振った。「離婚後すぐ、マリーコーヴに小さな家を買ったわ。ミッションヴィエホの近くに来て、私を学校に送り迎えできるように」

「お父さんは、再婚はした？」

自分でも父親についての質問ばかりしてしまうのが不思議だった。だが、なぜか彼女のこの部分は、父親との関係は重要だと思えた。

「いいえ。母だけが最愛の人だったみたい」

「でも、お母さんのほうは違った。お母さんは軍人の生活が好きになれなかったのかな？」話から察するに離婚後も仲はよく、子供との面会時間を法律で決めてもらう必要もなかったようだ。

彼女はかぶりを振って視線をそらした。心を閉ざしたように見えたのは、これが初めてだった。赤の他人同士だというのに、変な感覚だ。

もっと変なのは、突然どうしようもないむなしさに襲われたことだった。

彼女は僕の子供を宿している。車から降りたときに、服の下が少しふくらんでいるのがわかった。もちろん、女性として一般的な腹部の形だった可能性もあるが……。

彼女が視線を戻した。「ぎくしゃくしたのは父が海軍にいたからじゃない。父は……もの覚えが悪い、わけではないけれど、それに近い人だったの」ためらいがちな話し方は、慎重に言葉を選んでいるせいか。「高校を一年遅れで卒業したあとは、努力して立派な海軍の下士官になった。父も学ぶことはできたわ。ただ、多くの情報から一人で答えを出すのは苦手だった。教科書的な意味ではね。でも、だからだと思う。父は父なりの方法で本当に大切なことを理解していた。質素な暮らしはしてたけど、私が頼る人生の教訓、苦しいときに助けてくれる教訓のほとんどは、その父から学んだものよ」柔らかなまなざしに、思わず引き込まれそうになる。

すぐにはぴんと来ず、一瞬遅れて話を理解したときには、クレーンで吊《つ》った木材が頭に当たったかと思うほどの衝撃を受けた。これが、高校中退の僕をドナーに選んだ理由なのか？

つまり、父親を尊敬していたから？

ずっと理由をききたかった。頭の中の質問リストにあったそれに、ウッドはばつ印をつけた。無学だから選んだと言われるのはつらい。

「父と母がつき合いだしたのは、母の両親がボートの事故で死んだあとよ。父が十九歳で母は十八歳。二人ともサンディエゴの小さなレストランで働いていたわ。母にとっては父の存在が大きな慰めだった。彼がいなかったらあのつらい時期は乗り越えられなかったと、今でも言っているくらい」

エレーナも僕のことを同じように言っていた……。

「それが、そろって高校を卒業した夏のこと。父はもう入隊していて、母は秋には大学生になる予定だった。母の両親は数週間前に亡くなっていた。ある夜、一緒に浜辺のパーティーに参加して、それから二人で出かけるようになったみたい。深い関係になったのは父が新兵訓練のキャンプに参加する前で、父が戻り、派遣先が決まるころに結婚した。いい夫婦になれると、母は本気で思ったのね。父は母を心から愛していたし、母に優しかった。すばらしい父親になる人だと母にはわかった。こういう話は全部、今でも聞かされるわ。だけど、母が大学に入るとすぐ、二人のあいだに溝ができはじめた。父はほとんど家にいなくて、いたときでも母が夢中になることがらの多くが理解できなかった。実業界、株式市場、マーケティング。父はどれもよく知らなかったから。でも、結婚して数カ月で母の妊娠がわかったの。私が一歳になるころにはもう、二人をつなぐものは私だけだったんだと思う。大学を卒業した母は、ミッションヴィエホで好条件の職を得た。仕事を選ばなければサンディエゴでも就職できるのにと、父は母の選択が理解できなかった。母は思ったそうよ。今別れなければ、自分たちはいつか必ず憎み合うことになると。別れたあとも二人は互いを思いやり、互いに敬意を払いつづけた……。父の葬儀に、母は継父と一緒に参列していたわ」

ウッドがいだく最大の懸念が、会ったこともない二人の話で現実味を帯びた。キャシーの父親の教養のなさが、能力不足が、離婚に至る少なくとも一因だったと、つまりはそういうことなのか?

面白くなかった。まったく気に入らない。ある男が家族を全力で愛したが、それだけでは不充分だったと、今の話は言っている。

とはいえ……キャシーのような娘に愛され、独特な感性で尊敬された……。結局のところ、父親もそれほど不幸ではなかったのだろう。

与えられるものだけで満足すべき人はいる。高望みしてはならない人はいる。

いちばんの問題は、障害となる知性だ。

「僕の知能はふつうだ」ウッドは言わなくていいことをつい口にしていた。「高い教育は受けていないが、知識を吸収する能力はある」

彼女は目をしばたたいた。「ええ」

「お腹の子が君のお父さんに似た遺伝子を僕から受け継ぐと思っているなら、それは違う」

「そんなこと……考えてもみなかった」彼女が眉間に皺を寄せたため、瞳に視線が吸い寄せられた。謎めいた瞳だ。印象的な骨格に美しく堂々とおさまっている。彼女はかぶりを振った。「あなたはどうして……」言葉は先細りになった。

「ずっと考えていた。なぜ高校もまともに出ていないような男を子供の父親に選ぶのか。同じコストで医者や弁護士だって選べるのに」ウッドは彼女の目を見返した。今の自分に恥じるところはなかった。今までの選択も後悔していない。だが、現実の厳しさは知っている。半端な教育しか受けていなければ、ある意味男としての可能性が疑問視される。

キャシーが身を乗り出した。何か言おうとしたまさにそのとき、やってきたウエイトレスが体を起こすようキャシーに促して、彼女の前にサラダの大きなボウルを置いた。ランチなどどうでもいい、彼女は今何を言いかけたのか。

ウッドははみ出たレタスとトマトをハンバーガーに押し込んだ。ポテトにケチャップをかけながら、居心地の悪さと自分へのいら立ちを感じていた。素の自分をこんなにさらけ出したのは初めてだ。

なぜだ？　彼女は赤の他人だぞ。

「あなたの書いた小文よ」

目を上げると、キャシーがじっと見ていた。サラダにはまったく手がつけられていない。

「あなたの学歴はもちろん見たわ。だけど、私の父親のことがあるからでしょうけど、正規の課程を終えていないからだめだとは、少しも思わなかった。決めたのは、あの小文を読んだからよ」

小文はウッドも先日の夜に読みなおした。ドナーになる理由について正直に書いていた。ドナーになったのはピーターに頼まれたからだ。頑張る弟を支えることが自分にとって重要だったからだ。

「あなたは家族について書いていた。自分の一部とも言える誰かがいるのは喜びだと。この先もずっと、この世でもあの世でも絆《きずな》は消えないと」

確かにそうだ。だが、あれは決まった長さの文章を書く必要があったからで、精子を提供した理由そのものではない。

「お母様を亡くしたあなたは高校の最終学年で退学し、働いて弟さんを養った」

それは理由の背景にあった事実だ。文字数を稼ぐために書き加えた。

「だからあなたを選んだの。性格はある程度遺伝する。医者や弁護士という肩書きより、少なくとも私にとっては性格のほうがずっと重要だわ」

彼女はサラダにたっぷりとドレッシングをかけると、フォークを手にして食べはじめた。

ウッドも素直にあとに続いた。

4

機嫌を損ねてしまった、とキャシーは思った。ばかにされたと彼は感じている。先を急ぎすぎた。自分のことや育った背景を知ってほしくて、好印象を持ってほしくて、柄にもなく家族の話を続けてしまった。彼自身が高校を中退していたことなど、まったく頭になかった。だけど、ウッドと父とは背景が違う。父は人の助けを借りて、長い時間をかけて、やっと高校を卒業した。ウッドは弟を養うために自分から退学したのだ。

どっちにしても人間的に劣っているとは思わない。それは彼にもわかってほしい。できればちゃんと話をしたかったが、変にこだわって、今よりもっとややこしい状況になるのも困る。

不快な思いはさせたくない。むしろ、その反対だ。遺伝子的に、彼は半分お腹《なか》の子とつながっている。

意外だった。一緒にいるだけでこれほど緊張するなんて。女性として、これほど彼に惹《ひ》かれるなんて。

彼はハンバーガーを手にして食べはじめた。咀《そ》嚼《しゃく》して、のみ込んだ。「ほかに質問はある？」キャシーはたずねた。

彼はハンバーガーを持ったまま、一瞬迷ったふうだった。「ある。こんなこときいていいのかわからないが……。君はなぜこのやり方で妊娠を？　ふつうの方法を選ばなかったのはなぜかな？　ふつうが最善だとも正しいとも思ってないが、こういう問題では……。君は一人で頑張ることに……」

父親が不在でいいのかと彼は言っている。子供の成長期にしっかりした男性がそばにいない点については、キャシーも過去には考えた。

「結婚がいやなわけじゃないわ」サラダをフォークでつつき、ゆで卵のかけらを見つけて突き刺した。

彼はキャシーを見つめたまま、ハンバーガーにかじりついた。膝からナプキンをとって口元をふき、また膝に落とす。身なりを気づかう人のようだ。髭《ひげ》をきれいにそっているし、シャツの襟も角がぴんとしている。

「本当のことを言うと、大人になったら恋をして結婚すると私も思っていたわ。一人でいるなんて、一人でこんなことをするなんて、思ってもみなかった」いけない。今度は私がみじめだと思われる。みじめだなんて思っていない。絶対に。「恋人を作りたいとか、作らなくちゃとか、そんな気持ちにならなかったの。それに、母が結果的に父にしてしまったようなことを、私もするかもしれない。どうしてもこの人と一緒にいたいという強い気持ちがないままに結婚したら、最初の熱が冷めると、もう本当にだめになると思うから」

彼は頷《うなず》いた。「よくわかるよ。うん」

「そうね、あなたは結婚していたから」

彼は固まった。キャシーを見つめたまま何も言わない。口がすべったと思っているのか、もしくは、おかしな想像はしないでほしいと思っているのか。

なんなのだろう。精子のドナーにたまたま選んで、必要にせまられて当人に会ってみれば、奥さんを本気で愛したことのない人だった。

今日の顔合わせは本当に……変だ。自分は両親についてぺらぺらしゃべった。彼は彼で……言わなくていいことまで口にしている。それこそ、話しはじめたとたんに相手が誰なのかを忘れたみたいに。けれど、彼と自分は赤の他人だ。

共通点は子供との血のつながりだけ。そしてその子供は、生きるために闘っている最中かもしれない。

そう、〝かもしれない〟だ。問題のない可能性だってある。もしくは、ただの貧血なのかも。

キャシーはウッドの質問に意識を戻した。なぜ人工授精を選んだかという質問だった。

「私は三十四歳よ」唐突に間抜けなせりふを言っていた。だめだ……。彼の前だと自分が自分でなくなる。いつもより……無防備になった感じがする。

大人になってからは進んでデートもしてきたが、心奪われるようなことは一度もなかった。だから、どうしていいのかわからない。

「体はどんどん年をとっていくの。女性の年齢とともに胎児に先天性の異常が出る確率は高くなる。統計的には三十五歳を過ぎるとリスクが上がるわ」キャシーは肩をすくめた。「その点、私は幸運だった。一度で妊娠できたんだもの」

とはいうものの、結局はこれだ。いまだに先天性の異常を心配する事態になっている。

彼はハンバーガーを皿に置くと、キャシーをじっと見返した。視線でキャシーを支えるかのように。視線だけでキャシーに力を注ぎ込めるかのように。ばかばかしい想像だ。だが……効果はあった。

「検査の予定はいつ？」

「水曜よ」

「時間は？」

「八時」朝一番の予約だ。その時間なら、終わってからオフィスに行ってもフルで働ける。

一日中不安を抱えることも、ぼんやりして不安を増大させることもない。

「よければ、僕が送ろう。君の周囲の人たちはまだ事情を知らないんだよね」

「仕事があるでしょう」

「僕だって病院に行くことはある。何時間か遅れても仕事仲間は許してくれる。気のいい連中だ」

過去のどんな経験よりも不安だらけな検査に、彼は自分が連れていくと言ってくれている。

「あなたは、仕事は何を？」一人で行けるとは言えずに、そうたずねた。〝毎日決まった仕事〟だと彼は言っていた。具体的な職業はなんだったか。ともかく、検査は本当に一人で平気だ。

そう、平気。ちょっと時間が必要なだけだ。

「今も建設業界にいるよ」

たしか略歴にそうあった。「枠組み工事？」

彼はハンバーガーを手にとった。「ああ」

彼は待っている。どうすればいいの？　いいえ、することはわかっている。一人で行くと言えばいいだけだ。それができない。

「一人がよければ無理にとは言わない」彼の言葉は、ふんわりと優しくキャシーを包んだ。

「本当は……不安なの。わからないのは、あなたが一緒に行ってもいいと思った理由よ」

彼は肩をすくめた。よりにもよって、にっこりと微笑《ほほえ》みかけてくる。「その検査で、僕の骨髄が必要になるかどうかがわかるんだ」

そんな単純な話じゃないのに。

知っている、と強い視線が告げていた。

煮えきらないキャシーの視線を、彼はいつまでも優しく受け止めていた。ふっと肩の力が抜けた。降参したというべきか。

「わかったわ。同行、お願いします。状況がはっきりするまで誰にも話したくはなくて。でも……。誰かいてくれたほうが安心できる」

「二人で検査を待つだけだ。心配いらない」

「なんだか……変な感じ。そう思わない？」

「まあね」

でも、お互い納得している。

それだけで充分だ。

「企業法務を扱う弁護士というのは、どういう仕事をするのかな？」ランチも終わりに近づいたが、ウッドはまだ日常に戻りたくはなかった。というより、キャシーを帰したくない。

「契約書を山のように読む仕事」彼女はくすっと笑った。「真面目に言うと、ありとあらゆる業務があるわ。個人でも顧客は持っているけれど、事務所で共有する仕事もあるの。さまざまな分野で助言をしてる。企業に対する刑事告発、民事訴訟、取り引きの交渉、なんでもよ」

「ということは、法廷に立つんだね」

「たまにね。ミーティングに出たり調査したりする時間のほうが多いわ。あとは山のような契約書」さっきの言葉を繰り返し、自嘲するように笑う。自分の仕事の価値を軽く見せようとするかのように。

「そういうのは、やめよう」

「何？」

「たいした仕事じゃない、みたいな言い方だ」

「私……別に……」

ウッドが黙って見つめるだけで、彼女は視線を落とした。やはり、そうだったか。

彼女はため息をついた。「あなたの何がそうさせるのか……今日はいつもの私と違うの。あなたを不快にさせるのが怖くて、ずっとびくびくしてる」

正直に言ってもらえて、ウッドは気が楽になった。彼女を少しだけいとしいと思った。

「僕は今、核医学を専門とする放射線科のレジデントと同居している。弟のピーターなんか、メディカルスクールに通っていたころは、そのときに学んでいる内容をいちいち説明してきた。高等教育の内容が混じっていたって、会話にはついていける」

彼女はかぶりを振った。「そんな意味じゃなかったわ。でも、学歴のことを気にしているのなら、学びなおすことも考えてみたら？」

「気にしてはいない」ふだんは忘れている。

「だったら、何度も話題にするのはなぜ？」

わからないから困る。ウッドはかぶりを振った。

「こういうことは初めてだ。君の言うとおりだよ」

重要なのはこの局面を二人で乗り越えることだ。なのに……生まれて初めて、ウッドは自分を変えたいという気持ちになっていた。理由はわからない。

彼女はきれいに空にしたボウルを脇によけ、両腕をテーブルに置いてわずかに身を乗り出した。「高《G》卒認定《ED》試験ならいつでも受けられるわ」

「受けたよ。前に進むために高卒と同等の証明が必要だった」しかし、業務に不可欠な請負業者の資格を得るとき以外で、新たに何かを学ぼうとは一度も思わなかった。どれだけ時間があってもだ。

今なら経済力もある。三十六歳で大学生になることに純粋に興味がないだけだ。三十歳の時点でもそうだった。ピーターはわかってくれた。エレーナは微妙だ。無理強いこそしてこないが、たまに発する言葉や、投げかけてくる質問からして……。

ウエイトレスが通りすぎざま、伝票をすっとテーブルに置いていった。

キャシーの手が伸びた。ウッドは彼女より先に伝票を手にとった。だが、支払うのはまだあとだ。

「子供の性別はわかってるのかい？」

彼女はかぶりを振った。「最初のエコー検査でわかる場合が多いのだけど、この子は協力的じゃなくて」そう言って、椅子の背にもたれる。ウッドは初めて彼女が腹部に手を置くところを見た。体調に問題なければいいのだが。

「羊水検査をすればはっきりするわ」

「検査結果で、楽しみにできる部分だな」

彼女は微笑み、頷いた。腹部に置かれた手のせいで、ウッドはきかずにはいられなくなった。「つわりはひどいの？」

「ぜんぜん」また微笑む。「今のところ、妊娠してこれといった不調は感じていないわ」

ウッドは映画の話をした。初めて妊娠したヒロインが出産準備の段階であたふたして、でも、妊娠の経過は順調で最後は元気な赤ん坊を産む、というコメディ映画だった。彼女も見たという。話題は犯罪もののテレビドラマに移り、気づくと三十分がたっていた。弁護士が出てくるドラマに関して彼女の解釈を聞くのは楽しかった。専門家が語る知能犯罪の話は、どんな映画よりも興味深かった。

さらに互いの仕事の話に移った。今関わっているプロジェクトについてきかれて、ウッドは少し話した。板を組んだり職人を監督したりする話に盛り上がる要素はない。だがウッドはそんな仕事が好きだった。作業の中での計算が好きだった。毎日パズルを解いている感覚だ。ウッドの言葉に彼女は微笑み、携帯電話でゲームはするかときいてきた。お気に入りのゲームをいくつか見せてくれたが、中の一つはウッドもインストールしているものだった。

もう店を出なければ。だが、彼女は強くて、美しくて……ウッドの子供を身ごもって、一人で不安を抱えている。もっと自分にできることはないか。

「もし、自宅で大工仕事が必要なときは……いつでも手伝うよ。照明の位置を変えるとか、天井にファンをつけるとか……ベビー用の家具の組み立てとか……。工具を持ってどこにでも行く……」

「そうね、お願いするかも」彼女は微笑んだ。自然な口調で硬さがない。よかった。

携帯電話が鳴った。エレーナだ。発信者の写真が画面に出るのが見えたのだろう、キャシーはすぐに視線をそらした。さっきまでの笑みが消えていく。

「ごめん」エレーナとは互いの電話を無視せず、忙しくても手が空きしだい折り返すことにしている。

予定より早く戻るからトイレットペーパーを買いに大型店に寄る。ほかにも必要な品を買って帰る。

そう言うエレーナの声を聞きながら、ウッドはキャシーの動きをじっと目で追っていた。彼女は鞄《かばん》を膝にのせ、中から鍵束を出すところだ。

「今家なの？」エレーナにきかれてどきりとした。ふだんは互いのことを詮索したりはしない。

「いや」

「ボディーソープが切れてないか棚を見てほしかったの。私が最後の一つを使った気がするのよね」

「使ってたよ」ティッシュの箱をとりにいったときに気づいていた。それよりも、早く通話を終えないと、キャシーが先に店を出てしまう。

「今日の仕事は終わったの？」

当然の質問だ。ほかの日に同じ質問をされていたら、何も感じなかったろう。

「いや、ランチに出ている」

ちらと目を向けると、キャシーはじっとウッドを見ていた。それこそ、彼が前妻にとってもの足りない存在だったことを見抜いているかのように。ウッドはエレーナに恋愛感情をいだいてもおかしくなかったが、そうはならなかった。ウッド自身も、彼女を惹きつける魅力に欠けていた。

エレーナが今夜一緒に食事をするかときいてきた。これも二人のあいだではごくふつうの質問だ。ウッドはそうすると言って通話を終えた。

「別れた奥さん?」すでに鞄を肩にかけていたキャシーが、すばやくブースの端に移動した。

「ああ」

「もう大丈夫?」

彼女と一緒にウッドも席を立った。ポケットから現金を出してテーブルに置く。「大丈夫だ」はっきりと言って、彼女のあとから外に出た。

駐車場に行くあいだも、彼女は友好的だった。トラックは彼女の車のすぐ後ろに止めていたから、ウッドが立ち止まって、彼女が前に進んだ。

「ランチ、ごちそうさま」車のドア脇で彼女が振り返る。ウッドは後部バンパーの手前にいた。

「水曜は何時に迎えに行けばいい?」ためらう様子を見て、やっぱり一人で行く、と言われるのを覚悟した。「僕は本当にその場にいたいんだ」静かに言い添えた。だが、決めるのは彼女だ。

彼女は頷き、一瞬視線をからませてから口を開いた。「七時半だと助かるわ。準備があるから早めに行きたいの……」ウッドが頷くや、そそくさと車に乗り込んでシートベルトに手をかける。

遠ざけられた。ウッドはそう感じた。彼女は悪くない。それを言うなら、エレーナも。

ただ、電話を受けたとたんに雰囲気が変わったのは面白くなかった。この変化のどこまでが現実で、どこからが勝手な思い込みなのだろう。

エレーナがウッドに対して、もっと自分を高めるべきだと思っているのは知っている。知っているが、それを正しいと言うつもりはなかった。もう一人の高学歴の女性であるキャシーの考えは違うかもしれない。仮にウッドが大学に行って不動産業界の大物や有能な開発業者になっていたとしても、それで結婚生活がうまくいったとは限らない。

エレーナにとってはピーターが生涯の恋人だった。それが障害になるのはウッドにもわかっていた。

わかっていたから、自分ではだめだという思いが常にあった。もう少し、どこかが違っていたなら、弟のように愛されたのかもしれない。少なくとも、魅力的な夫だとは思われたのではないか。

惹かれ合う関係を期待して結婚したわけではなかったが、本当に何も生まれないと、これでいいのかという思いがウッドの中にも生じはじめた。

やめよう。ウッドはトラックを発進させた。くだらないことを考えるな。

僕は僕だ。

これからも、今のままで充分だ。

5

彼からすれば問題はないのだろう。キャシーのほうは問題だらけだった。ウッドと同じ席に座って映画や仕事やゲームアプリの話をしていると……彼が人工授精の医学的協力者にすぎないという事実が頭から消えていた。妊娠していることを忘れている瞬間さえあった。レストランでの自分は、男の人と食事を楽しむ一人の女性になっていた。

男の人といっても、信じられないくらい魅力的な男性だ。せり上がってくる不安や恐怖を、そのまなざしで落ち着かせてくれる男性だ。

ランチの代金も払ってくれた。

まるでデートだ。

そこが問題だった。一瞬、キャシーはデートをしている錯覚に襲われた。本当にデートだったらいいのにと思った。さらには……。

そのとき、別れた奥さんから電話がかかった。いっきに現実に引き戻された感じだった。これはデートではないと。彼には彼の生活があると。

彼は今でも別れた奥さんと同じ家に住んでいる。今でも彼女からの電話を受けて……。

そして、私にも私の生活がある。

家に戻って十分後、キャシーはご近所数軒で共用しているプライベートビーチにいた。タオルと本と水筒と携帯電話をそばに置き、妊婦用の水着に着替えてくつろいでいた。ほかにもビーチに出ている人は数人いて、左右からおしゃべりの声が聞こえてきたが、距離があるから内容まではわからない。

陽光が肌を温め、そよ風が肌をなでた。横になって、目を閉じて、少しまどろみたい気分だ。

そうするのもすてきだろう。だが、キャシーは昼寝をしない主義だった。昼間に目を閉じれば、頭の中でぐるぐると同じことを考えてしまう。だから本を開いた。世界を旅する女性の話だ。女性の中ではいろんな自分が激しく葛藤している。男性も出てくる。女性はやがて、彼に恋するのだろう。

この本のヒーローなら、初めて会った日にヒロインをデートに誘いそうだ。たとえヒロインが彼の子を宿していようとも。

キャシーの望みは家族を持つことだけだった。他人の人生に関わろうとは思わない。

ウッドは優しくしてくれるが、彼はキャシーに対して何をする義務もない。ないものをあるように思わせてはだめだ。彼は礼儀正しくて、責任感が強い。別れた奥さんと同居を続けるほどに。

今でも愛しているの？

たぶんそうだ。愛していなくても責任は感じている。即座に電話に出たあの様子や、キャシーを一瞥《いちべつ》したときのあの表情からして間違いない。ウッドと人生が交わったのは、キャシーが彼の精子を選んだからだ。彼は血を分けた子供を深刻な病から救いたいと思っているだけだ。

本当の意味での父親ではない。

そこを明確にしておかなければ、彼に対して、そして自分自身に対してもフェアではなくなる。

自分たちの状況……子供の命がかかっているこの状況で心が乱れてしまうのは当然だ。ならば、一緒にいて生じるほかのどんな感情も、それは二人を結びつけたものから、二人を引き合わせた唯一の問題から派生しているにすぎない。

別の何かだと思うのは間違っている。責任感や思いやりを愛と混同してはならない。

まさに父といたときの母がそうだった。

キャシーは携帯電話をとり上げた。ウッドへの連絡に電話は使いたくなかった。なれなれしすぎる。ショートメッセージもふさわしくはない。二人だけの秘密のやりとりという感じがする。

かといってメールアドレスは知らないし、住所も知らない。手紙はどのみち意味がない。月曜に出せば届くのは火曜だろうが、その日に届くという保証はない。水曜の朝では遅いのだ。朝七時半に彼が来てしまったら、会えた喜びと羊水検査への不安から、もう彼を追い返せなくなる。

〈水曜の件ですが、考えなおしました。やはり一人で行ってきます〉

メッセージを入力すると、画面を体の陰に入れ、サングラスをずらして読みなおした。これでいい。キャシーは送信ボタンをクリックした。

海岸沿いをドライブして夕食は外で食べようとエレーナは提案してきた。土曜の夜だし、二人とも外に出るのは久しぶりだ。エレーナとピーターに以前紹介されたコメディアンが、食事つきの小さな舞台に出ているという。そこは彼らが常連だった場所だ。ウッドは誘いに応じた。暴れだしそうな焦燥感が数分でも落ち着くことに期待をかけた。本能的な欲望と感情が現実を相手に戦っていたのだ。

丈の短いぴったりした緑のドレスに同色のハイヒール。別れた妻は努力せずとも美しかった。二人でどんな場所に行っても、男たちが必ず振り向く。本人が気づいているのかどうかはわからないが。

男の目がエレーナに向いていても嫉妬心が生じない理由を、ウッドは考えたことがなかった。結婚していたころも彼女が妻だという実感はなく、ならばパートナーかというと、それも違った。友人であり家族だったが、パートナー……ではなかった。

わかっていたのだ。エレーナは弟の妻だ。だからウッドは彼女を妻として愛したことがない。

この夜は、舞台に近い二人用のテーブル席をかなりの額を払って確保した。バーボンで風味づけしたポーク料理は二人の好物で最高においしかった。ワインをじっくりと味わっていた彼女が、二杯目のビールを空にするウッドを見て眉を上げると、ウッドは笑顔で応えた。ジャケットを椅子の背にかけ、シャツのボタンも一つ外していたが、それでも暑い。朝から晩までスーツを着ている男たちのことが、ウッドは理解できなかった。ただ、着ているとエレーナが喜ぶ。だから一着持っているのだ。

帰りの車内では、無視しようと努めてきた焦燥感が危険なレベルにまで高まった。

こうしている今もキャシーは一人だ。一人で不安と闘い、誰にも頼らずにいる。水曜の同行を彼女は断ってきた。そうなる予感はあった。エレーナからの電話を境に様子が変わったからだ。優しくて人当たりはいいのは同じだったが、どこか……違っていた。むなしかった。たぶん彼女のほうも。彼女はウッドの同行を望んでいた。それは断言できる。

「起きているかい？」本来であれば心地よいはずの静けさを破って、ウッドは声をかけた。

エレーナが顔を上げる。「ええ。心に引っかかっていること、話す気になってくれた？」

一瞬だけ、がらんとした高速道路から彼女に視線を移した。エレーナのことならよく知っている。彼女のほうもウッドのことはお見とおしなのだ。

「一昨日《おととい》の朝、電話があった……。〈ペアレント・ポータル〉にピーターがレジデントとして入ったときのこと、覚えているだろう？」

「もちろん。それがきっかけでマリーコーヴに引っ越したんだもの。電話って、仕事の依頼だったの？　ロサンゼルスの仕事？　フルで仕事を請け負うチャンスをもらったとか？」

ウッドは請負業者の資格を持っている。独立して仕事ができるのだ。入札して仕事を受注し、ウッドのような職人を雇える。エレーナはそういう働き方をウッドに望んでいる。

ウッドは何かあればいつでも家にいられる状態でいたかった。仕事第一を要求されるのは性に合わない。ほかの部分は……。職人はすでに自分が選んでいる。仕事も自分で探すし、管理もする。ウッド自身が業者に雇われているというだけの違いだ。

「いや……仕事の電話じゃない。かけてきたのは〈ペアレント・ポータル〉だ」

彼女が身を起こしたのが気配でわかった。ウッドのほうに顔を向けている。

「ピーターに関係したこと？」今度の声は柔らかくかすれていた。前に彼女は言っていた。ピーターのことは一秒だって忘れたことはないと。

「間接的な関係はある。昔、精子の提供をピーターに頼まれた」ちゃんと話そう。数ある精子の中からウッドのものが選ばれた。それを聞いた彼女が動揺したり、驚いたりしたとして、それがなんだというんだ。現実は変えられない。

「覚えているわ。彼も提供していた。二人で話し合ったから……」息をのむ音が聞こえた。「その話なの？　誰かが彼の精子を使った？　子供が生まれて、ドナーと連絡をとりたいと言われているの？」

「使われたのは僕の精子だ。その女性が僕に連絡をとりたがっていた」

ウッドはちらとだけ彼女を見た。驚いた顔を見たくはない。息をのむ声は聞こえなかった。

「それが今日のランチだったの？」どんな感情より、好奇心が勝っている感じだ。

「そうだ」

彼女はもう前を見ていた。両目を見開いてフロントガラスのむこうを見ている。腹の上で両手を組んでいるが、片方の親指でもう一方の親指をさするいつもの癖が出ていて、心情が読みやすい。

「女性の用件は？　子供が何か危険な状態なの？」

「まだ妊娠四カ月だ。君の言うとおり胎児に問題のある可能性が指摘されている。来週結果が出るんだ。最悪の場合、僕の骨髄が必要になる」

エレーナはウッドのほうに顔を振り向けた。「あなたは提供すると言ったのね？」

「ああ」

「よかった。その人、不安でたまらないわね。血液が関係しているんでしょう？」

ウッドはきかれるままに答えた。キャシーの年齢、初めての妊娠であること、エコー検査で見えたもの。ほとんどはエレーナの推測を肯定する形で話は進んだ。高速の出口で速度を落とすころには、骨髄移植でウッド、つまりドナーと、そして赤ちゃんが何をされるのか、その点をエレーナが具体的に説明していた。数々の検査内容、必要な期間、移植の手順、成功したかどうかすぐにはわからないこと、さらには成功の確率にまで話は及んだ。

彼女の話は、ガレージに車を止めるときにも、並んで家に入るときにも続いていた。

走ってくるレトロを、彼女が両膝をついて受け止めた。両手で顔を挟んでなでまわし、首筋の毛に顔をうずめてハグをしている。「その女性のサポート体制についてはわかっているの？」彼女とレトロ、二つの顔が同じ位置からウッドを見上げた。

彼女たちの視線はスポットライトだ。家族に当たる照明。ウッドは立ち位置を探した。

「しっかりしているよ」キャシーの友人、家族、弁護士仲間について、聞いたとおりのせりふをほぼそのまま繰り返した。

「よかったわ。支えがないと大変だもの。状況によっては時間がかかるしね」

「お腹《なか》の子に問題がない可能性だってあるよ」指摘せずにはいられなかった。

「その女性は恐怖を感じたのよ。不安の淵《ふち》に突き落とされたの。たとえ問題なかったと言われても、恐怖の感情は消えないわ」

そういう視点もあるのか。びっしり埋まった重要事項リストのトップに今の話をつけ加えた。

「責任を感じているのね」エレーナが立ち上がる。

「当然だろう」ウッドは守りに入りかけ、見開かれた茶色の目を見てかぶりを振った。「できることはしたい。僕の遺伝子のせいかもしれない……」

「遺伝性とは考えられていないわ。でも、白血病が遺伝子の異常と関係しているのは確かよ。だけど……大丈夫なの？」瞳をのぞき込んでくる。「あなたは昔から自分の人生を犠牲にしてきた。お父様が亡くなって……お母様まで亡くなったときには、ピーターのためにフットボールを諦めた。そのピーターがいなくなると、今度は私を……」

「どうすればよかったんだ？　関係ないと背を向けるのか？　君に対しても？」彼女はわかってくれていると思っていた。必要にせまられたのは事実だが、どれも自分がやりたくてやったことだ。

「そうは言わないわ。ただ……」

「生物学的には僕の子供だ。無視はできない」

「あたりまえよ。ただ……気をつけてね。いい？」

変に期待をふくらませるな、ということだろう。キャシーに期待しすぎてはだめだ。自分に期待したときの二の舞になると彼女は言いたいらしい。

エレーナにキスしようとした夜のことは忘れられない。本当の夫婦になれると思った。もう一度充実した人生を送っていいんだと彼女に伝えたかった。なのに、キスをされるとわかったとたん、彼女の顔は恐怖にゆがんだ。

彼女は謝った。ひどく申しわけなさそうな顔をして、ウッドのために泣いた。

要するに、彼女は自身の明らかな拒絶を、ウッドの何倍も深刻に受け止めたのだ。彼女からノーと言われたのはそれが初めてだった。ウッドは軽く受け流すつもりだった。たいして気にもせず、むしろ絆《きずな》を深める方向に気持ちが傾いていた……。

なのに彼女は謝った。ウッドを苦しめたのはその謝罪だった。セックスできなかったことではない。

「信じてくれ。子供のための行動だ。母親は立派すぎて僕なんかとは釣り合わない」

「自分のことをそんなふうに言わないで」そう言う彼女も、ウッドの言葉を否定はしない。

「水曜の検査には僕が送っていく」はっきりするまで今の不安を大事な人たちに聞かせたくはない、というキャシーの思いも伝えた。

「あなたはなんでもその肩に背負ってくれる。自分を犠牲にしているとさっきは言ったけど、あなたのそういうところ、私は大好きよ」

ウッドは微笑《ほほえ》んだ。エレーナはありのままの自分を認めてくれる。それでこそ家族だ。

「だったら、一つ頼んでもいいかな？　キャシーに電話をしてほしい。僕のことを、純粋に手助けしたいだけの善人だと言ってほしい。彼女は……人に依存しないところがあって、僕についてきてほしいと思っているのに、頑としてそれを認めない」

「彼女が望むなら、ええ、電話はするわ。だけど、最終的に決めるのは彼女よ。それと、これは忘れないで。あなたのそばには私がいる。簡単な問題じゃないのはわかる。あなたみたいに責任を感じていればなおさらね。だけど、こういう問題……私たちは科学的に説明をつけようとするけど……赤ちゃんの病気は……運命だということもあるの……」

彼女の言葉は正しい。

僕の一部を受け継いで育っている命だ。神様が病気にしないことをウッドは願った。

6

キャシーはよく眠れなかった。カモミールティーの助けを借りて、少し休息できたくらいだ。日曜は早くに起き出し、伸縮性のある黒いランニングパンツと白いTシャツという格好でビーチに散歩に出た。もう少しすると大学時代の仲間たちが町に来る。海が見渡せる高床式の五つ星レストランでブランチを楽しむ予定だ。彼女たちとは月に一度会っていて、順番にそれぞれの町を集合場所にしている。どこもロサンゼルスから車で一時間程度の距離だ。

妊娠したと前回の集まりで話すと、みんなびっくりするくらい協力的だった。十二人いる仲間のうち、独身は五人。そのうち二人は離婚経験者で、一人は十年近く恋人と同棲《どうせい》している。残る一人は仕事一筋で結婚に興味がない。全員が集まった五月のブランチでは、十一人がそれぞれ、一人の例外もなく涙を浮かべてキャシーにハグをしてくれた。

この日の朝は初めてブランチに行きたくないと思った。結果が出るまでは、十一人の協力的な友人にまとわりつかれるのはいやだった。どう助けてもらえばいいのかもわからない。心配すべき問題もはっきりしないまま、大ごとにしたくはなかった。

決めた。ウッド以外には誰にも話さない。よく聞くたぐいの話かもしれないのだから……影が映っただけで、もともとなんでもなかったとか。

頭の中でそう繰り返さずにはいられなかった。今度の検査で赤ちゃんは健康だったとわかる。そう思うことで、キャシーはどうにか平静を保っていた。待っている時間に耐えていた。

心地よい砂の冷たさを足の裏に感じながら、北側の行き止まりまで歩いた。そこはごつごつした入り江で、崖の側面がそそり立っていた。マリーコーヴの土地は大半が海抜百メートル前後なので、ビーチサイドでの休暇を楽しみたい観光客からすると面白みがない。キャシーは今、一キロ半にわたるビーチの一部を独り占めしていた。波打ち際に行き、足首の深さまで海に入った。寄せる波が弾けてふくらはぎを濡《ぬ》らし、再びすっと引いていく。

波は人生に似ていると父が言っていた。寄せる波はものを運んでくる。いいものも、悪いものも。そして再び去っていく。永久に続くものはないんだと父は言った。いいことも、悪いこともだよ、と。

足元を見下ろしても、今の波が何を運んできたかはわからなかった。太陽はまだ低い位置だが、海面はきらきらと輝いている。わかるのは、人生のこの瞬間も過ぎていくのだということ。来るものはうまく処理しよう。次にはきっといい波が来る。

だが、自分をよく知る十一人の友人とのブランチは、どうやってもうまく乗り切れそうにない。自分はこんなにも孤独でちっぽけな存在だ。不安でたまらない。それでも行くと決めているのは、今回のホスト役がキャシーで、みんながわざわざマリーコーヴまで来てくれるからにほかならない。

キャシーはヒップにメッセージの着信を知らせる振動を感じ、尻ポケットから携帯電話をとり出した。ブランチに行けないというみんなからの連絡だったらいいのに。

ウッドだ。

土曜の午後と夜は、彼からの返信をずっと待っていた。返信がないとわかると、ひどく落胆した。迎えに来てしまうかも、と思ったからではない。来ないことは想像がついた。そうではなく、考えなおしてほしいの一言もない事実にがっかりしたのだ。

キャシーは足首まで海水につかったまま、アプリのアイコン、彼の名前、と順にタップした。

〈エレーナに僕たちの事情を話した。彼女に君の電話番号を伝えて、電話させても構わないかい？〉

そこまでしなくてもいい。すぐにそう書いた。

〈君は一人じゃない。それだけはわかってほしい。僕もいちおう、生物学的には責任があるからね。同じ一人の人間として、心配なんだ〉

読んでいると涙が込み上げてきた。涙のばか。勝手に出てこないで。

〈エレーナと話すのが気が進まないと言うなら、せめて水曜は僕に送らせてくれないか？〉

キャシーは数歩引き返して波から離れた。足のまわりに砂がつくのを感じながら、震える指で文字を打っていく。立ち止まって考えることはしなかった。無心でただ文字を打った。

〈わかったわ。お願いします〉

携帯電話を手にそそくさとビーチから引き返し、

自分の庭に入ると、まっすぐシャワー室に向かった。今日はこれからブランチだ。

そのブランチも、なぜか急に、それほど不安ではなくなっていた。

月曜の夜、一人でキッチンのテーブルについたウッドは、自分で焼いた鶏もも肉を切り分けて口に運び、味わい、また切り分けて、次はレトロに差し出した。レトロは肉片をそっと口で受けとると、よく嚙《か》んでからのみ込んだ。がつがつ食べたりしたら次はないとわかっている。しつけは重要だ。

エレーナから今日は遅くなると電話があった。こういう日が以前と比べてどんどん増えてきている。誰かと会っているのだろう。一度本人にきいたが、大事な人などいないという返事だった。本当だとは思えなかった。同時にウッドは心を痛めた。

別の誰かを好きになっても、ピーターを深く愛していた事実が揺らぐわけではないのに、そのことを彼女はいつ理解するのだろう。

夕食のあとはレトロとランニングをし、それから同じ現場監督の仲間二人と、行きつけのしゃれたクラブでビールを飲んだ。仲間と飲むのは楽しい。すぐに四人の美女が寄ってきた。愉快な女性たちで、全員が刺激を求めていた。たまに交わす色気のある会話も楽しかったが、没頭したい気分ではなかった。大音量の音楽もうるさいと感じた。

じっとしていられず、二杯目のビールを飲み干す前に店を出たが、そのままトラックで帰宅する気にはなれなかった。心の中がもやもやしていて、どうもすっきりしない。

マリーコーヴの目抜き通りはにぎわっていた。明るく照らされた四車線の道路は、両側にレストランやクラブやさまざまなショップが立ち並んでいて、ビバリーヒルズにも劣らない。ウッドは目的地に向かっているであろう人々のあいだを、行くあてもないまま歩きつづけた。

　エレーナも自分も、もう前に進んで、複雑な関係は終わりにするべきだ。プラトニックな関係でもけじめはいる。何カ月も考えていた。心の準備もしていた。だが彼女は実際、仕事以外でも長時間家を空けはじめ、心地よい共同生活を終える準備を着々と進めているように見える。ウッドの今のもやもやはそのせいだと説明をつけることは可能だった。

　だが、事実は違う。夜は弟の最愛の女性が部屋にこもったままの家にいるより、一人で外出しているほうが気は楽だ。いくら恋愛関係にはないといってても、エレーナを幸せにできないことはつらくてたまらない。それに、彼女と離れるまでは誰とも条件なしの真剣な交際はできないわけで、それを困ったと思う気持ちもないとは言えなかった。

　三十から三十代半ばと思われる女性の集団とすれ違った。全員がいっせいにしゃべっているのに、互いの言葉はなぜか聞きとれているふうだ。次の瞬間には年配のカップルに注意が移った。六十代半ばだろうか、二人とも短パンに上質なシャツを合わせていて、手をつないでウッドの横を通りすぎた。遅い夕食？　それとも休暇でやってきた？

　まわりは人でいっぱいだった。ウッドのように連れのいない者は一人か二人。ほとんどはグループかカップルだ。これが人生。恨みもねたみもしない。ただ、今夜はなぜか心がざわつく。

　三つ目の女性グループとすれ違い、自分が彼女たちを観察していたと気づいて初めて、やっぱりそうかとウッドは思った。さっきから僕はある特定の女性を捜している。その女性はクラブで飲んだり踊ったりはしない。だが、外食ぐらいはするだろう。弁護士が重要な顧客と話をするときに選ぶような、高級なバーにいるかもしれない。ひょっこりでくわすには、外をぶらついているしかなかった。

傍からはどう見えるだろうか。三十六歳にもなって夜の街をぶらつき、忘れられない女性の姿を捜している？　哀れな姿？　だが、どう見られようと構わない。キャシーは顧客と一緒だろうか。友達といるのだろうか。毎週月曜には両親が車で来ると言っていた。しかし、誰といようと、彼女は今までにないほど深い孤独を抱えているはずだ。不安と恐怖の中で、負けまいと一人で頑張っているはずだ。

彼女には一人じゃないと知ってほしかった。検査結果は僕も気になるし、いい結果が出てほしいと思っている。別に、自分の骨髄移植の件だけでそう思っているわけではない。

本当は電話をしたかった。

もう怯《おび》えて僕を遠ざけないでほしい。

通りの片側を歩き、反対側に渡って引き返す。そうしながらずっと自分と闘った。歩くことで少しは緊張がとれた。街の喧噪《けんそう》や周囲の光景で少しは気晴らしもできた。だがまだ帰る気にはなれない。

レトロは寝床につくころだろう。主はどこかと思っていそうだ。愛犬と一緒に暗闇で横になるのも、テレビを見るのも、座って読書をするのも、今は気乗りがしなかった。考えなくていいことをうじうじと考えてしまうのはわかっている。

クラブを出て一時間半後、ウッドは豪華というより古風でこぢんまりとした雰囲気の店を見つけて立ち寄った。バーカウンターのスツールに座り、ドラフトビールを注文して携帯電話をとり出した。〈こんばんは〉文字を打って送信した。携帯電話はグラスの隣に置いておく。ビールで口を湿した。

彼女は一人だ。そして妊娠している。子供は僕の血を引いている。息子ではない。息子とは言えない。だが半分は僕だ。僕の血であり遺伝子だ。似た顔になるかもしれない。僕と同じでぶどうのジャムが嫌いになるかもしれない。

木製のカウンターで携帯電話が震えた。

〈こんばんは〉

携帯には触れずに、画面に出た文字を読んだ。

さらに一口ビールを飲んだ。スコッチサワーを作っているバーテンをじっと眺める。カウンターの端から、二人の年配の男性といちゃつく女性の声が聞こえてくる。

最後にはもちろん、といってもたっぷり二分たってからだが、携帯電話を手にとった。

〈調子はどう？〉

携帯から手を離す間もなく返事が来た。

〈ふつうよ〉

〝いい〟でも〝大丈夫〟でもなく〝ふつう〟だ。何か気がかりなことがあるらしい。

〈夕食は何を食べた？〉

無難な質問だが、これで会話は続けられる。彼女がいやだと思えば、返事は来ないだろう。

〈タコサラダ。あなたは？〉

〈グリルした鶏とキャンプポテト〉

〈アルミホイルで包んで焼くあれ？〉

〈そう〉彼女が知っていたとは驚いた。

〈父がよく作ってくれたの〉

なるほど。僕と同じあの無学な父親か。しかし、キャシーが僕の精子を選んだ理由は別にあった。わかっているのに、なぜまた考える？

自分の知性のことなど気にしていないつもりだった。能力の高さは充分自覚している。

しかし、第三者の目にはどう映るかと想像したとき、ウッドは考えずにはいられなかった。ようやく自由に学べるときが来たというのに、なぜ僕は勉強を再開する選択をしなかったのか。

もっと気楽に考えよう。そう思い、レトロについて書いた。ラブラドールで今夜も一緒に食事をしたんだと。そこからいろいろなことがわかった。彼女はペットを飼っていないが、一時は猫を飼おうと思っていた。長い時間留守にするときでも、猫なら世話が楽だからだ。子供のころに飼っていたコーギーは、彼女が高校生のときに死んでしまった。

彼女は今日、仕事で忙しかった。明日もミーティングが六つある。どちらかというと夜型だが、夜が明けるころにはたいてい起きている。

好きなのはミルクチョコレートで、ダークチョコレートは嫌い。ステーキは好きだが、ローストビーフはだめ。コーヒーの好みはブラック。

〈今は家?〉食べものの質問はネタ切れだった。

〈ええ。あなたは?〉

〈外だ。大通り〉場所の名を書いた。

〈食べに行く途中じゃないでしょう?〉

〈違うよ。バーでビールを飲んでいる〉

〈一人?〉

〈そう〉バーで一人、メッセージを打っている。彼女のことしか考えられない、というように。

〈あら〉返事は短かった。

説明がいると思った。だが、ここで何か言っても、いろいろややこしくなるだけだ。

彼女の最後の言葉に返事をしなかった時点でもう会話は終わったと思っていたから、携帯電話が震えだしたときには驚いた。

〈ピーナツバターは好き?〉

〈好きだけど、なぜ?〉

〈クッキーを作るの。あなたの分も包んでおくわ。水曜のお礼〉

彼女が僕に渡すクッキーを作るのか。僕のことを考えながら。

一時間後、隣で眠るレトロのいびきを聞きながらベッドに横たわっているときにも、ウッドはまだ彼女との会話を思ってにやにやしていた。

7

何に困ってもいない。あたふたしてもいない、お腹《なか》の赤ちゃんはまだ動かないけれど、これは異常ではない。妊娠五カ月にもなっていないのだから、胎動はなくてあたりまえだ。

エコー検査で聞いた心音は正常だ。

万一の場合は、脊髄の提供者もいる。

だけど、もし……。

この火曜の夜だけで、もう何万回目だろうか。またも暗く考え込みそうになったそのとき、メッセージの着信音が聞こえた。

ウッドだ。

スカイダイビングの経験はあるかときいている。ない。彼はあった。一見怖そうだが、訓練を受けたら、あとは一連の過程に身を預けられるかどうか、なのだそうだ。キャシーは熱気球にも乗ったことがない。彼はアルバイトで一時期熱気球を飛ばしていた。彼は列車に乗ったことがない。キャシーは一度だけヨーロッパで乗った。パリからバルセロナまでの夜行列車だ。彼はインラインスケートをしたことがない。キャシーはロースクール時代にそれで三十キロほど走って、気分転換をしていた。

一つ質問に答えると、すぐに別の質問が返ってくる。彼の意図はわかっていた。キャシーが絶対に認めないと知っていながら、抱えている不安をまぎらわそうとしてくれている。

せっかくの親切を無にするのは失礼だ。

子供のためにも素直でいたい。

ウッドには名づけ親になってもらおうか。いつか、すべてが順調に終わったら。それに、こういう考えごとなら、あったほうがいい。

いや、順調ならば二人の進む道は分かれる。この特別な数日も記憶のかなたに消えて、すれ違ってもあいさつもしない他人同士に戻るのだろう。

考えるとさびしかった。けれど、一時間が一年にも思える今の苦しみについては、何があっても忘れない。何ごともない毎日をあたりまえだと思うことは、もう二度とない。

水曜の朝は夜明け前に起きた。結局、仕事は一日休みをとった。お腹が痛くなるかもしれないと医者に言われていたからだ。検査後はすぐにふつうの生活をしていいとも言われていたが、集中できなくて顧客に迷惑をかけないとも限らない。それより午後はビーチに横たわって過ごそうと思った。

六時半にはもう、そわそわと歩きまわっていた。母に電話をしたかったが、声で不安に気づかれる心配もある。まずは検査だと思いなおした。何もかも順調だとみんなに話したい。赤ちゃんは元気だと、元気な……男の子？　女の子だろうか？

日曜のブランチでも、どっちがいいかときかれた。とにかく元気で生まれてほしいとキャシーは答えた。口調に何かがにじんでしまったのだろう、そのあとはもうしつこくきかれることはなかった。

ウッドが敷地の入り口でコードを打ち込んだので、キャシーは門をあけて応じ、トラックが入ってくるときには手造りのクッキーの袋を持って外で待っていた。黒いジーンズにポロシャツ姿のウッドがトラックから飛び降りてドアをあけた。まったく不要な気づかいだったが、その優しさがうれしい。彼はキャシーが乗り込んだのを見てドアを閉めた。

歩いている彼を目で追いながら、知らず知らず考えていた。なんてセクシーなんだろう。しっかり張った広い肩、筋肉のついた腕。胸からじょじょに体が締まり、平らな腹部には贅肉《ぜいにく》一つない……。そこから下は見えなかった。量の多いブロンドの癖毛や彫りの深い目鼻立ちに視線を戻しかけると、こちらを見ていた彼と目が合った。

観察していたようだ。キャシーは恥ずかしさに顔が熱くなった。お腹の子に自分の助けがいるかもしれないという、ただそれだけの理由でここにいる彼を、私は男として見てしまっている。

こんな気持ちになるのも、今日の検査からなんとか意識を別の方向にそらそうとしているせいだ。すぐに結果は出ない。それは知っている。それでも検査が無事に、赤ちゃんにも悪影響を与えずに終わったとわかれば、それはそれでほっとできる。

総合病院の向かいにある診療所のビルに着くまでの十分間、彼は助手席で緊張しているキャシーに天気の話を振ってきた。何も考えなくていい無難な会話は、少しだけ気をまぎらわせてくれた。

受付から必要な書類を書き終えるまで、思ったほど時間はかからず、朝一番の予約だったこともあって、キャシーはかなり長いあいだ、がらんとした部屋で名前が呼ばれるのを待つはめになった。

パニックに襲われなかったのは、ウッドが男の子と女の子の話、野球のバットとヘアリボンの話を、創作を交えて語りはじめたからだった。それらは性別にこだわった話でもなく、途中に出てきたのは、キャシーの産んだ女の子が大きくなって最年少の野球選手になり、ベイブ・ルースの記録を超える数のホームランを打つ話だった。

続いて彼は名前の話をしはじめた。もう決めたのかとはきいてこない。ただいろいろ名前をあげて、キャシーのラストネームと組み合わせている。なんの反応も求めず、それでいてキャシーが何か言えばちゃんと返してくれる。ほとんどの時間、キャシーはただ穏やかな心持ちで座り、彼の言葉一つ一つとはいかないまでも、彼の声に耳を傾けていた。

検査自体は意外とあっさり終わった。恐ろしい何かが見つかるかもしれないという不安が、キャシーの心の中で検査を危険なものに変えていたようだ。無痛というわけではなかったが、ほんの少しの不快感があるだけで、検査は無事に終了した。

「何か食べるかい？」ウッドからの思わぬ誘いに、キャシーの心は揺れた。

検査も終わった今は少し空腹を感じていた。そして、羊水をとっても中身を培養するまでは何も分析できないと知りながら、産科医なら結果も見えていたのではと、検査中の医師の表情を何度も思い返している。一人になりたくなかった。一人になってビーチやソファに横たわることが、短パン姿で吹雪の中に立つのと同じくらい、今は怖い。

「仕事は行かなくていいのか？」

「出るとしても午後だと言ってあるから」

食べる気も失《う》せてきた。ドライブも気が乗らない。お腹が痛くなるかもしれない。出血するかも。でも、行きたいところはある。彼の誘いは遠慮しなさい、といつもの自分が促してくる。実際、個人的なことで助けは借りづらい。けれど、キャシーは迷った。ここには彼がいる。彼は私の苦しみを知っている。今私のことを理解してくれるのは彼だけだ。

「お腹は空いてないのだけど、家に戻る途中で寄り道してもらってもいい？」

「構わないよ。どこに行きたいんだい？」

「墓地」

ぎょっとした彼の顔を見て、思わず頬がゆるみそうになった。

「違うの。最悪の事態に備えたいわけじゃないわ。ただ……。大きな決断をするときとか、どんな問題でも、いずれはおさまるべきところにおさまるんだ、と自分に言い聞かせたいときなんかは、いつも父のお墓に行くの……」

マリーコーヴにある墓地は一カ所だ。ウッドがそこに向かってトラックを走らせてくれた。運転しながらキャシーにたずねてくる。「でも、技師の態度はよかったか。検査は痛かったか、技師が何かに気づいた様子はなかったか、とはきいてこない。

「何かわかるまで、最低でも三日はかかるそうよ。一週間かかる場合もあるって」

「となると、今僕たちが相手にしないといけないのはそれだな。つまり、待っている時間」

彼の言うとおりだ。彼がいてくれてよかったと、キャシーは心の中で感謝した。

墓地に着くと、車を父親の墓に通じる砂利道へと向かわせ、あとは墓石の真向かいにある劣化したベンチまでゆっくりと歩いた。キャシーが恐る恐る腰を下ろすと、それは傾き、しかしすぐに安定した。

「誰がなんの目的で置いたのかわからないのよ」壊れそうなベンチを、両方の腿の横でしっかりとつかむ。「でも、私は魔法の王座って呼んでる。ほっとするの。目を閉じると父の声が聞こえるわ」

言いながら目を閉じたが、ウッドを気にするあまり、いつもと違って意識を完全には解き放てなかった。それでも、穏やかな時間がそこにはあった。しばらくのあいだ、キャシーはひたった。その静けさに、平穏に、ウッドの存在に。

正しい場所にいる気がした。今こうしているのは正しいと思えた。子供の運命に関わる検査がやっと終わり、ここには父と、そしてお腹の子の父親がいる。自分は二人に支えてほしいと思っている。

あくまで親としてだ。それ以上でも以下でもない。

近づいてくる気配は感じなかったが、目をあけて、ウッドがすぐ隣で父の墓を見下ろしていると気づいても、キャシーは驚かなかった。

「父は独特な感性でものごとの真髄をとらえるの」

「今君のお父さんがいたら、どう言うんだろう？」

「自分でどうにもできないことには執着するな」尊敬する父の言葉だ。「何が起こっても、対処できる力はもうおまえの中にちゃんとある」

二つ目は父の言葉そのままではなかったが、だいたいそのような意味合いだった。

「私だって、もうわかってるの」キャシーはウッドを見上げた。「だけど、ここに来ると、父の言葉を純粋に肌で感じられるときがあるから」

「ここではお父さんと二人きりだからね。かつて君がお父さんと家にいたときのように」

「今はあなたもいるわ」視線がからまると彼の表情が変わり、キャシーは目が離せなくなった。いけない、こんなふうに深い心のつながりを求めては。彼は赤ちゃんの病気を心配してそばにいてくれているだけだ。でも、発せられた言葉はそこにあって、二人をつないでいる。撤回はしたくなかった。

それからの三日間、ウッドは仕事以外の時間のほとんどを作業小屋で過ごした。相棒のレトロも一緒だった。レトロはあけ放したドア近く、隅に置かれた自分のベッドで寝そべっていた。

金曜の夜はタ食にグリルチキンサラダを作り、少し残ったキャシーのクッキーは自分のためにとっておいて、たっぷりのサラダを病院で連続勤務しているエレーナに届けた。ありがとう、と彼女はおおいに喜んでくれた。

院内では患者がいる階を避けて歩いた。病気のことは考えたくなかったから。

まだよく知らない女性の体内で育っている小さな命については、エレーナとも誰とも話題にすることはなかったが、頭の中では常に考えていた。胎児が元気だという知らせが早くほしかった。

自分のためというより、ただ知りたかった。

キャシーには毎晩メッセージを送った。当たり障りのない話をした。ある晩はスポーツの話だった。彼女は試合のペースが速いバスケットボールが好きだと言った。だらだら続く野球は退屈だと。ウッドはどちらも好きだからそう書いた。フットボールはときくと、どっちでもないと。それでも全チーム名と、ここ十年の有名選手を彼女は知っていた。父親が欠かさず試合を見ていて、隣で覚えたらしい。

彼女は高校と大学でテニスをしていた。ウッドは高校でフットボールのクォーターバックを任されていたが、それは黙っていた。高校三年の終わりにカリフォルニア大学からスカウトされたこともだ。選手の道は高校を中退して閉ざされた。だが、スカウトで何が保証されていたわけでもない。データが人の目にとまっただけだ。そういう選手は大勢いた。諦めたことは多いが、後悔はしていない。一度か二度、なぜこんな人生に、と考えたりもしたが、答えが出るはずもなく、結局考えるのはやめにした。

金曜日は遅くまでメッセージを送らずにいた。明日の土曜が三日目だから、彼女もふだん以上に神経質になるはずだ。人生の難題にぶつかったときは、夜がいちばん苦しい。どうせ土曜は早起きする必要もないのだからと、話題ももう考えてあった。昔のテレビＣＭだ。覚えているＣＭをきいてみる。ウッドはなぜかたくさん覚えているのだが、下調べのほうも怠りはない。ノートパソコンにリストを用意した。彼女に単語を一つ二つ投げかけて、商品を当てさせる予定だ。ＣＭソングでもいい。

ウッドは作りかけの作品を研磨していた。このあと保護塗料の中塗りに入る。ほぼ無色のニスだ。作業しながら脳内で計画をなぞった。いい感じだ。

と、携帯電話に着信があった。

〈ドクターから知らせがきたわ。明日の朝十時に結果を聞く予定よ〉

ウッドは研磨機を手にしたまま固まった。もう一度文章を読んで、研磨機を置いた。

〈結果について、何かわかった？〉親指が太すぎて速く打てないのがもどかしい。

〈音声メッセージが入っていただけ。まだ話はしていないの。予約を入れて直接聞いてくることにした。確認したいことはたくさんあるし、だったら、その場で答えてもらえるほうがいい……〉

怯《おび》えているのだ。ウッドは頭の中でそう翻訳した。結果を知るのを先延ばしにしている。自分で自分を苦しめた、というほうが正解か。だが気持ちはわかる。もし悪い結果なら、どう悪いのかも、治る確率も、次のステップもわからないまま朝まで過ごすのはとても耐えられないだろう。

だが、もしいい結果なら……。

〈明日は僕に送らせてほしい〉

抵抗するならしてくれ。僕に頼っていいのかと悩むなら悩んでくれ。そのほうが、もっと重大な問題のほうに気が行かずにすむ。もし彼女が自宅にいるのなら、ここから十分とかからない。そばに行きたかった。何もできなくても、ただ隣で座っていたい。現実の悲劇や起こりうる災難から心を守る魔法のような力が自分にあるとは言わない。でも、誰かに寄り添われる安心感は知っている。誰かがいれば、閉塞感に押しつぶされずにすむ。

〈ありがとう〉

つまり……イエス？　こんなにあっさりと？

〈何時に行けばいい？〉ウッドはそう返した。

〈九時半〉

十時の約束まで、余裕はほんの数分だ。

〈じゃ、その時間に〉

ウッドは携帯電話を置いた。返事を待つあいだに研磨機をとり上げた。朝までに乾くよう、ニスは上塗りまで終えておきたかった。できることに集中していたい。少しでも油断すると、おかしな感情に心を支配されてしまう。彼女を支えるためにも、精神面はしっかり整えておかなければ。

研磨を終えたのは九時だった。このときはまだキャシーからの着信はなかった。

十時前には最後の塗装を終え、母屋へと戻った。隣にはレトロ。片手には携帯電話。キャシーとのやりとりは簡単なCMソング当てから始まった。プロップ、プロップ、フィズ、フィズ……。

彼女はすぐに歌の続きを書いてきた。

夜中の二時にはCMのネタがつきたので、古いコメディドラマに話題を移した。

もう疲れてもいいころだ。おやすみを言って、少しは眠らないと。だがウッドはそうしなかった。

キャシーがまだ起きている。必要だというなら、一晩中文字を打っていてもいい。

ウッドは思った。ほんの数日で、この女性は自分の生活の一部になってしまったと。

8

土曜の朝、小さなお腹《なか》のふくらみがはっきりとわかる白と黒の花柄のTシャツドレスを着たキャシーは、トラックのドアをあけて待っているウッドを見て微笑《ほほえ》んだ。約束どおりの時間だ。

イヤリングはビーチサンダルが三種類ずつついたものを選んだ。一つは銀色に黒い花柄、一つは、白に銀の花柄、もう一つは黒に白い縁どりがある。大事な話を聞く心構えはできていた。まずは聞くだけだ。どう対処するかは、そのあとの話。

キャシーには考えがあった。何も知らなければ何もできない。問題が不明なうちは、対処のための計画も立てられない。まず情報、そして対処だ。

私ならできる。やってみせる。

ウッドが運転席に乗り込んだ。トラックが動きだす。キャシーは彼を近くに感じ、車が公道へと出るあいだ、空が真っ青だとか、今日は暖かくて気持ちいいとか、午後にはビーチを散歩するかもしれないとか、とりとめのない話をした。

そこで言葉が出なくなった。雑談の接ぎ穂を完全に失った。次に自宅に戻るときやビーチを散歩するときにはもう、赤ちゃんが元気に育つのか、もしくは、危険のほうが大きいのかがわかっている。

落ち着こう。今はとにかく冷静でいないと。

まだ胎動も感じていない小さな命がどこまでもいとおしかった。不思議だが、実際にそうなのだ。この子を愛している。そして、不安でたまらない。こんな激しい動揺に襲われたのは初めてだった。気力が奪われ、思考さえストップしてしまう。

だけど、なんの問題もないかもしれない。とり越し苦労はよそう。今はただ話を聞けばいい。

「『フレンズ』で、フィービーの独身パーティーにダニー・デヴィートが男性ストリッパー役で出たときのこと、覚えてる？」ウッドの声が聞こえて、キャシーは彼に顔を向けた。脳内で彼の声を巻き戻して、ようやく何を言われたのかがわかった。前に話していたコメディドラマの話だ。

ダニー・デヴィートって誰だっけ、と一瞬考え、別のコメディドラマに出ていたときの顔をぱっと思い出した。あれは、ニューヨークのタクシー会社の話だった。横柄なボス役。背がとても低い小太りの俳優だ。「ええ、なんとなく」

「ダニー・デヴィートが演じた人物が、自分はストリッパーとして成功するかと事前に誰かにきいていたら、十中八九無理だと言われていただろうね」

いや、それはそうだろう。見かけとのギャップの面白さで彼はあの役に選ばれたのだから。

「だけど、ドラマの中の彼はそれを仕事にした。実際ダンスはうまかったよ。それから、主人公の一人のロスだけど、奥さんに捨てられたことは覚えてる？　彼は人生が終わったと思った。でも、捨てられたから、そのあと最愛の女性と自由につき合えたんだ。十年間のごたごたの末、最終的に二人は一緒になってる」車は診療所前で止まった。キャシーはまだ落ち着いて呼吸ができていた。ありがとうと言うつもりで顔を振り向けると、彼が言った。「わからないものだよ」

「わからないって、何が？」

「今はこうだと思っていても、月日がたてば、それはまったく別のものに変わるかもしれない」

波と同じだ……。波はよくないものを運んでくるが、いいものも運んでくる。

「確実なものは何もないんだ」

彼の言いたいことはわかった。悪い結果を聞かされても、そこから運が向いてくると信じなければだめだ。希望を捨ててはいけない。

彼は正しい。

それに、私の支えにもなってくれる。

ここまで来るともう、彼がただの精子のドナーであり、パートナーでないことが信じられなかった。

通されたのは検査室ではなく、オフィスのほうだった。デスクと向き合った椅子を示されてキャシーは座り、まだ二度会っただけの女性の医師、ドクター・オズボーンの動きを目で追った。医師はドアを閉め、デスクのむこうに腰を下ろした。

キャシーから距離をとっている。プロらしい距離だ。言葉にはしないが、立場を明確にしたいということだろう。法律面で不利な情報を顧客に伝えるときにキャシーもよく使う方法だ。

しっかりと心構えをして頭に思い浮かべた。波を、小柄で小太りのストリッパーを、そして別の男性を。彼は黒い短パンと白いポロシャツという格好で、ドアのすぐむこうに座っている。両肘を腿につけ、組んだ手を膝のあいだに浮かせている。豊かなブロンドの癖毛と、青い瞳を思い浮かべた。お腹の子はあの深いブルーを受け継ぐのかもしれない。

十分後、廊下から待合室に入っていくと、キャシーはその深いブルーの瞳に吸い寄せられた。見ればすべてが読みとれるとでもいうように、こちらの瞳を探ってくる。

キャシーの隣まで来ても、ウッドは体に触れずにただ立っていた。キャシーは頷《うなず》いた。何に頷いたのかは自分でもわからない。そうしてドアへと引き返した。次の予約は入れている。もう帰るだけだ。

彼はトラックまでずっとキャシーと並んで歩き、キャシーのためにドアをあけて、キャシーが乗り込むとドアを閉めた。鍵束を手に運転席に座る。何もきいてこない。ただ静かに見つめてくるだけ。

この瞬間、キャシーは恋に落ちかけた。こんなときだから、本当に恋なのかは怪しいけれど。

せかしたくない。ウッドは本気でそう思っていた。思ってはいるが、血を分けた子供の運命がわからないまま、これ以上待たされては、ハンマーでどこかの岩を叩《たた》きつけずにはいられない。

彼女がこちらを向いたとき、その目に浮かんだ涙を見てウッドはどきりとした。不安の膨張が止まった。母親が死んだときがそうだった。ピーターが死んだときが、エレーナが死に瀕《ひん》したときがそうだった。僕の役目はそばにいること。大切な人たちを守ることだ。それくらいは自分にもできる。

だが……この場合はどうすればいいのか。

「白血病じゃなかった」か細い声が聞こえ、自分の知る女性の中ではたぶん誰よりも強い彼女が、突然泣きじゃくった。肩を丸めて下を向き、嵐のような感情に耐えられず体をがくがくと揺らしている。

ウッドは彼女の背中をさすって、ティッシュを差し出した。話を聞くのは高ぶった感情がいったんおさまってからだ。やがて、落ち着いた彼女が背を起こした。アイラインがにじみ、頬にまで流れていた。そっとぬぐってやる。

「あっ、ごめんなさい」息づかいも苦しげに、キャシーがウッドに視線を向けた。目が真っ赤だ。「どうしてこんな……。私……対処はできると思ってた。でも……感情を抑え込んでて……どうしてだろう。気にしてなかったけど、でも……」

「キャシー？」ウッドは運転席に体を戻した。

「え？」

「僕たちは何に対処するんだ？」

彼女がまじまじと見つめてくる。ウッドの頭の中で即座に今のせりふが再生された。〝僕たち〟

胎児は白血病ではなかった。脊髄移植は必要ない。となれば、自分はもう部外者だ。

だが、できればもっと関わりたい。許すか、許さないかは、彼女が決めればいい。

「胎児貧血だったの」

精子のドナーがする質問ではなかったが、今の答えで自分たちの関係性はがらりと変わった。輸血は必要になるかもしれないが、発見が早かったなら治療はできる。もう精子ドナーは用ずみだ。だが、友人はどうだろう。

いったん話しはじめると、キャシーはもうその勢いを止められなかった。

「貧血は軽い段階らしいわ。こうなる原因はいくつかあって、いちばん多いのが血液型の不適合。でもこの子の場合は違うとわかってる。あなたの血液型と私の血液型との相性は事前に調べてあるから」

彼の血液。私の血液。一緒になって私の中に存在する。現実離れした一日なのに、考えるとほっこりして……不思議と少しだけ心が落ち着いた。

「だからすぐには貧血を疑わなかったようなの。たぶん、私の血液と赤ちゃんの血液が混ざってしまって……」自分でも咀嚼《そしやく》できていない内容を、医師が使った言葉で説明しつづけた。そこで、気がついた。彼にこんな素人の説明は不要だったと。「エレーナだったら私よりうまく説明できるはずよ」

キャシーは話すのをやめた。彼は一度だって、詳しく教えてほしそうなそぶりは見せていない。

だけど、私は夢を見はじめている。もっと彼と関わりたいと思いはじめている。だめなのは私だ。

「僕は君から聞きたい」彼の声が、もの思いに割って入った。「僕は単なる精子のドナーだが、子供は僕の体からできている。書類上はどうあれ、その事実は重いよ。育てる資格はなくても、大事に思う気持ちは法律で止められるものじゃない」

本気にしてはだめだと何かがキャシーに語りかけてきた。反論はできなかった。

「わかったことはこれからも教えてほしい」

正当な要求だ。連絡したのも、彼を巻き込んだのも、ほかでもない自分なのだ。止まったままのトラックの車窓に目をやって、キャシーは自分に言い聞かせた。大丈夫、一線は越えないわ。

「胎児貧血は命に関わる場合もあるけど、それは何もせずに放っておいたときだけなの。私の場合、今は食事に気をつけるだけ。それで体内のビタミン量が変わって、赤ちゃんの鉄不足が補われる。入念に検査もしていくそうよ。まずはエコー検査をして、映った影から血流を見る。どんどん悪くなるようなら、また羊水検査をする。貧血の原因がわからないから、予測のしようがないらしいわ」

「最悪の場合は？」

そんな話はしたくなかったが、心配そうな彼の顔を見ると勇気が出た。彼だけは常に力をくれる。進んで寄り添い、人の気持ちを楽にしてくれる。

「子宮内での輸血よ。羊水検査と同じで、エコーで見ながらやるんだけど、輸血の場合は針が直接赤ちゃんに向かうの」キャシーは身震いした。「もう、このことは考えないようにする」

「それがいい。早期に発見できたんだ。それだけでも運がよかったよ」

キャシーは頷いた。なんの問題もないという検査結果を聞きたかった。エコー検査の影が……ただの影だったと言われることを祈っていた。

でも、怖い血液の病気ではなかった。そこがいちばん重要だ。再び喜びがあふれだした。脳が現実を理解して、また涙がこぼれそうになっている。小さな問題はあるけれど、赤ちゃんは元気なのだ。

私は母親になれる！　子供と暮らして、子供を育てて、愛情を注ぐことができる。

「万一輸血が必要になったら、僕の血を使えばいい」ウッドが鍵束に手を置いて言った。

キャシーはここでも頷いた。胸がいっぱいだった。矛盾するいろんな感情と、感謝、そしてもっと深い何かを自覚しながら、彼を見つめた。

この人とカップルだったらよかったのに。カップルだったらきっと、今ごろはキスしたり触れ合ったりしている。今日は一日一緒にいて、いい結果を喜び合い、ほんの少しの不安を共有するという、親だからこその過ごし方をするはずだ。他人でもこの子を愛してはくれる。それはわかっている。でも、親の愛情には特別なものがある。

キャシーの考えを読んだかのように、ウッドが目をそらした。鍵穴に差したキーに触れるが、エンジンをかける様子はない。「それで……赤ちゃんは男の子？　女の子？」

彼はドナーだ。父親ではない。性別を真っ先に知らせるべきは、この子の家族なのでは？

でも、とキャシーは思う。彼の存在、温《ぬく》もり、頬に触れた指、あの瞳。夜は遅くまで起きて、昔のドラマを話題にメッセージの交換を続けてくれた。心の奥に隠していた苦しみに気づいてくれた……。

性別について、キャシーはあまり気にしてはいなかった。それでも、わかったあとはお腹の子がもっといとおしくなった。絆《きずな》がもっと強くなった。これは現実なのだと実感した。

彼とは家族の絆がない。私も、この子も。

彼はエンジンをかけた。無言の返事を受け入れている。返事を促すことさえしない。

「男の子よ」ギアを入れる彼に答えた。「アランと名づけるつもり。父親の名前からとってね」

キャシーは彼の反応にとまどった。彼は一言も発することなく駐車場から車を出したのだ。

9

「数分でいい、ちょっと時間あるかな？　見せたいものがあるんだ」ウッドは前方の道路を見つめたままたずねた。彼女のほうに顔を向けることさえ自分に禁じながら、聞いたばかりの話を頭の中で消化する。僕に息子ができるという。

といっても、単に生物学的な意味での息子だ。考えると、苦しくなった。

水曜日に彼女を家まで送ったあとに立てた計画に従うべきかどうか、一、二分は迷った。ただ、問題のベンチはすでに今朝早く目的の場所に運んである。この週末に彼女が必ず訪れるであろう場所だ。だから、意を決してさっきの質問をした。

「ええ、大丈夫よ」彼女は答えた。短いドライブのあいだ、ウッドは彼女の喜ぶ顔だけを想像して、ほかの感情を意識から締め出そうとした。

この世に息子は誕生するが、ウッドの生活は変わらない。自分は弟の頼みを聞いただけだ。

弟がエレーナと結婚する前の晩もそうだった。もし自分に何かあったら妻の面倒を見ると約束してほしいと、ピーターはウッドに言ってきた。

ウッドは約束した。それまでの人生、ずっと弟を守り、弟の世話をしてきたのだ。しかし、そんな約束がなくてもエレーナに求婚はしただろう。エレーナには家族がいなかった。保険はピーターの職場関係のものだけ。加害者の運転手は充分な保険に入っておらず、金を持っていなかった。

エレーナの将来も不透明だった。歩けるようになるかどうかさえわからない状態だった。

彼女はそれまで、自分のキャリアプランを棚上げにして、二つの仕事をかけ持ちしながら、夫のピーターをメディカルスクールに通わせていた。

彼女がウッドを愛することはなかった。好意をいだいているそぶりさえ見せなかった。だがウッドは彼女に人生を捧《ささ》げた。喜んで夫になった。

結婚を望んでいたからか？

だが、愛のない結婚は違うんじゃないのか？

車を墓地へと入れた。不安な感情を締め出せるのもここまでだ……。

「墓地？」キャシーが前のめりになって周囲を見まわす。「ここで何を見せたいの？」

ウッドは父親の墓のほうへと車を進めていた。彼女はウッドがエンジンを切るより先に車を降りた。墓石の向かいに置かれたベンチへと駆けていく。

「えっ、ウッド、これって……」前屈《まえかが》みになり、ウッドが昨晩研磨してニスを塗った作品に手をすべらせている。そのまま腰を下ろし、目に涙を浮かべてウッドを見上げてきた。「どこでこれを？　すてきだわ。最高のベンチよ」桜材のベンチに視線を移す。「あなたが置いてくれたのね。座って……」二人がけのベンチをぽんぽんと叩《たた》く。

とまどいつつもウッドは従った。座りながら、礼節をわきまえろ、と何度も自分に言い聞かせた。ほんの数秒でも構わなかった。彼女と並んで座れることがこんなにもうれしいなんて。

木材を買う、はかる、カットする、釘《くぎ》を打つ、接着する。作っているあいだはずっと、そのベンチに座るキャシーを思い浮かべていた。一緒に座るところや、二人で彼女の父親の墓を訪れるところは、あえて想像しないようにしていた。

「すごくすてき」彼女はウッドを見つめていた。瞳に映った感情が心に飛び込んできて、胸の奥に居座った。「でも……撤去されたりしないかしら。個人的にものを置けるのは墓石のそばだけなの」

「設置する前に許可はとったよ。ボルトで留めるからね、問題がないか確認しておきたかった」

彼女はまた目を潤ませ、こぼれそうな涙をまばたきで止めた。「なんてお礼を言えばいいのか。高かったでしょう。こんなにぴったりなベンチ、探したってなかなか見つからないわ」

喜んでもらえるだろうとは思っていたが、ここまで感謝されるとは。「金はかかっていないよ」望まない解釈をされる前に急いで言った。「二十ドルもかからなかった」

「こんないいものをガレージセールで？　信じられない。完璧だし、見たところ新品よ。これを二十ドルで手放す人がいるの？」

「僕が作った」最初に言うべきだった。なぜ黙っていたのだろう。作業小屋で彼女のことを考えていた時間はプライベートな時間だった。一人でただ木材と向き合う時間だった。「たいしたことじゃない。

ただの趣味だから……」

「あなたが作ったの？　それで、これを趣味だと言うの？　そんなことないわ、ウッド。お店が開けるレベルよ。大金持ちになれるわ。だって……」

ウッドはかぶりを振った。「店を持つつもりはないよ」ウッドの作品を初めて見たとき、エレーナも同じ反応を見せた。当時はまだピーターもいて、彼はウッドの寝室の家具をほめちぎっていた。兄の才能を誇りに思ってくれていたのだ。同時に彼は、それが兄にとってのストレス解消法であり、楽しい趣味だと知っていた。商売にすれば、ウッドが感じている利点のほとんどが失われてしまう。

ウッドは彼女に観察され、どうしていいかわからずに目をそらした。脱力した自然体でいることに慣れている自分からすれば、こういう挑戦は少々きつい。だが、逃げたいとは思わなかった。むしろ逆だ。キャシーと過ごせば過ごすほど、もっと一緒にいたいという気持ちが強くなってくる。

目立ってきた腹部のせいだけではない。赤ん坊のせいだけではない。外した視線がその腹部に落ちた。だめだ。そこにないものまで見るんじゃない。

彼女はウッドを必要とし、ウッドはそれに応えて、ストレスを抱えた彼女に寄り添った。だからといって、ずっとそばにいられると思うのは間違いだ。

「まだ知り合ったばかりだけれど……あなたとはもう友達よ。親友と言ってもいいくらい」

ウッドは頷《うなず》いた。そう言われるとうれしい。

「私に必要なものがいつだってわかるし、独特な方法で不安を軽くしてくれる……」

彼女の身になっただけだ。彼女のほうも気持ちをくんでくれる。といって、実際にそれを話すつもりはなかったが。

「これって、いけないのよね」墓ではなく、ウッドを見て言う。「赤の他人も同然な私に、あなたはこんなにもよくしてくれた。進んで骨髄を提供しようとしてくれた。赤ちゃんの健康をずっと気づかってくれた。私はというと……おろおろしているだけ。今週はあなたがいてくれてうれしかった……本当に……でも、たぶん、いけないことなのよ、こんなふうにあなたを大切な人だと思うことは」

大切な人。それはつらい秘密を共有したせいだ。誰も事情を知らない中で、ウッドだけが苦しむ彼女に寄り添っていたせいだ。

ウッドも彼女のことは気になる。だが、それを口にしないだけの分別はあった。どのみち一時的な感情だ。彼女を第二のエレーナにしてはいけない。

世間から見れば自分は不完全な人間だ。高校を出ていないと知ったときの周囲の人々の顔が、それを物語っている。こんな男がキャシーみたいな女性と長くつき合えるはずはない。

しかし、ウッドがもっとも惹《ひ》かれるのは、こういう聡明《そうめい》で、強くて、勤勉な女性なのだ。胸やヒップはどうでもいい。外見を重要視したことは一度もなかった。中身のほうがずっと大事だ。

彼女にベンチを見せたら家まで送るつもりだった。お腹《なか》の子の話を少しして、彼女からはお父さんが生きていたら孫の誕生をどんなに喜んだか、という話を聞かされたりするのだろうと思っていた。

「エレーナも、僕が家具の店を開くべきだと思っていた。作った家具を売ればいいと」言外の意味が伝わるのを期待するかのように、ウッドは話した。「初めて僕の作業小屋に入ったときは、何度もそう言ってきた。今でもたまに言ってる」エレーナはウッドに偉くなってほしいと思っている。お金だけの話ではない。名を上げてほしいのだ。

ウッドは今の自分が好きだった。

キャシーのほうに目をやると、彼女はウッドを凝視していた。

説明したいという気持ちを胸に押し戻した。話したいと思えば思うほど、話さないほうがいいとわかってくる。話せば越えてはならない一線を越えてしまう。自分でも完璧に理解しているわけではなかったが、直感がそう告げている。

「それが結婚してもうまくいかなかった理由の一つだ。結婚したのが精神的にぼろぼろで互いを必要としているときだったのもよくなかった。そんな気持ちが恋愛感情に変わることはなかったよ」

彼女はあんぐりと口をあけている。

話しすぎた。いや、話し足りないのか？　わからない。「ごめん」

「ショックを受けたんじゃないのよ」今度は墓石のほうを向いている。「謝らないで。どう反応していいかわからなかっただけなの」

なぜ自分にこんな話を、と思ったのだろう。

「別れたあとは？　デートはしたでしょう？」

ウッドは肩をすくめた。これはこれで話しづらい。

「気楽なデートはね。エレーナに叱られるんだ。僕が困ってる女性に惹かれて利用されているってね。だけど、エレーナ以外とはちゃんと考えてつき合ったし、少し楽しんだら、関係が終わっても平気だった。僕はずっと誰かの世話をして生きてきた。僕の得意分野なんだ。ただ、そうなると、最終的に僕は一人だ。それでも構わないと思ってる。一人もいいものだよ」誰の心配もしなくていい。最後の部分はのみ込んだ。身勝手だと思われてしまう。

いや、ある意味、身勝手なのかもしれない。

「家族を持とうとは思わないの？」

「いい父親にはなると思う」何しろ弟を養った経験がある。十代でぶつかるハードルも、萎縮するのではなく、越えて強くなるように手助けした。

「あなたはいい人よ、ウッド・アレグザンダー」彼女の声が柔和なものに変わっていた。まなざしも優しい。羽根の軽さでそっと愛撫《あいぶ》されている気分だった。目を閉じてその感覚にひたりたかったが、そうすれば魔法は解けるとわかっている。

わかっていながら目を閉じた。ここでキャシーを遠ざけなければ、自分はいやな男になる。手の届かないものを求める男になってしまう。

「そろそろ行こうか」声をかけたが、すぐには立ち上がらなかった。

「私はあなたに恋したりはしない。あとになって、あれは妊娠で感情が乱れていたせいだとか、お腹の子が心配だったせいだとか思うのはいやだもの。約束する。危険は知っているから、そんなことにはならない。友人としての申し出ならなんでも受け入れる。私も友人として役に立てれば光栄よ」

ウッドは彼女の目を見て、隠れた弱さがないかと探した。しかし、何も見つけられなかった。

「君はすばらしく魅力的だ」

「私もあなたに惹かれてる。でも、勢いでつき合おうとは思わない。平穏な日常が戻ったときに、気が変わったなんて言いたくないの」

ウッドは微笑《ほほえ》み、彼女の頬を親指でなでた。「僕もだよ。君とそんなつき合い方はしない。友人にはぜひならせてほしいけどね」

彼女も微笑んだ。「つまり……問題はない？」

「問題があったときなんてあったのか？」

「じゃあ、連絡をとるのは大丈夫？　もしかして、あなたと会うのは今日が最後になるの？」

「正直に言ったほうがいい？」

「もちろん」

胸の内はお互いすでにさらけ出した感がある。ごまかす必要は感じなかった。「僕は君とのあいだに絆《きずな》を感じている。お腹の子とのあいだにもだ。その子の人生に関わる機会があるのなら、明日でも、来週でも、ずっと先でも、僕は逃したくない。責任は果たすし、世話だってする」

「この子には父親がいないわ」言ってキャシーは、唇を噛《か》むかのように、口から鋭く息を吸った。

ウッドは待った。

「なんの約束もできないのはわかってね、ウッド。でも、私が〈ペアレント・ポータル〉を選んだのは、世の中には自分の出自を知りたいと思う人がいると理解していたからなの。私は責任持ってこの子を育てる。でも、父親を知る機会は奪いたくない。父親のほうが、もし息子を知りたいと思うのなら」

太陽が胸の中で爆発した。それは強烈な喜びであり、苦しみでもあった。「父親は間違いなく知りたいと思っているよ」ウッドにはわかっていた。これを言った瞬間に自分の未来は変わったのだと。

今はまだ見えない厄介な問題や困難、数々の挑戦がこの先待ち受けている。

だが撤回はできない。する気もなかった。

10

「何をやっているのか自分でもわからないの」日曜の午後、キャシーは母と二人でビーチに出したそれぞれの椅子に、並んで座っていた。母に電話をしてこの一週間のできごとを話したのだ。怖かったこと、最悪な結果はまぬがれたことを伝えると、スーザン・アンダーソンはすぐにミッションヴィエホを出てそっちへ向かうと言いだし、仕事がある継父のリチャードを家に置いて、車で来てくれた。

キャシーは水筒の水を少量口にすると、足を伸ばした。十センチあるかないかの低い椅子だから、こうしていても快適だ。

もっとも、心のほうはそういかなかった。

「あなたらしくないわね」母はワンピースタイプの黒い水着の上で両手を組んでいた。ぴったりした水着のおかげで、五十六歳のスリムな体形が傍から見てもよくわかる。同じ年になったときには、母の半分でも整ったスタイルでいたいものだ。「今まではそんなことなかったじゃない」濃いサングラスで目元は隠れているが、母の表情なら読みとれる。優しさや柔軟性にあふれた女性ではないが、一人娘と話すときは別だ。キャシーは母のことを不人情だとか冷たいとか思ったことは一度もなかった。「あなたがまだ三つが四つだったころよ、テレビは一時間だけと決められていて、見ていいのは幼児か小さい子向けの番組だけだった。だけどある夜、あなたは居間に座ってハードな刑事もののドラマを見はじめた。やめさせてもよかったけど、私は理由のほうが気になった。あなたはちらちらと後ろを見て、音量を上げたわ。とうとうあなたのお父さんが部屋から出てきた。私があなたを風呂に入れたり、あなたに絵本を読んであげたりするあいだ、あの人はいつも自分の部屋で好きなテレビを見ていたの。お父さんはリモコンでテレビを消すと、もう今日は時間をオーバーしている、それに、こういう番組は子供は見ちゃだめなんだと優しい声で諭したわ」

キャシーはじっと聞いていた。どこに着地するのかわからないまま聞き入っていた。母はめったにアラン・トンプソンと結婚していた当時のことを話さない。継父のリチャードがいたら百パーセント話さない。そしてリチャードはたいていそばにいる。

「あなたは頷《うなず》いて、お父さんが座ると、膝にのって抱きついて、そのまま ちょこんと座ってた」

そのときの記憶がキャシーにはなかったが、小さいころに父の膝に何度ものっていたことは覚えている。父の腕の中は安全で安心できる場所だった。ただ、軍の仕事で出ていくときの抱擁だけは違った。

父と別れるときはいつだって悲しかった。

「あとできいたの。いけないとわかっててどうしてテレビをつけたのかって。だいたい察しはついていたけどね……」

キャシーは待った。幼いころの記憶を手繰ってみる。私はどういう気持ちで、どう返事をしたのだろう。たぶん、父がどんなドラマを見ているのか知りたかった。でなければ、一緒に見たかった?

「あなたは言った。お父さんは一人でさびしい。この部屋をお父さんの部屋みたいにしたら、お父さんが出てくる。私たちと一緒にいられるって」

えっ。

目に涙を浮かべて母をちらと見た。自分で思い出せないのが悔しくてたまらない。

「どうして今まで話してくれなかったの?」

母は肩をすくめてかぶりを振った。「本当に忘れていたのよ。今あなたの話を聞いて、子供の人生に関わっても父親にはなれないその人を、ウッドという人のことをあなたが心配しているから、それでふと思い出したの……」

沈黙が下りた。聞こえるのは、所有する狭いビーチで楽しんでいる少数の隣人の遠い声だけ。母にはウッドについてすべて話した。ただし、個人的な感情は別だ。昨日、子供の人生に関わってもいいという話を彼にしたときには、それが苦しい結末どころか悲惨な結末さえ招きかねない発言だったと、キャシーはすぐに気づいていた。

「デートだって、ウッドはしたいなんてほのめかしもしなかったわ。だけど、私がそこを許したら、ウッドは子供のために結婚しようとする。まだ数日しか一緒に過ごしていないけど、彼とならいいかも、と私だって思うもの。でも、生活が落ち着いたら、お互いどんな気持ちになるか。それに、また私のせいで夫婦が別れるのは耐えられない」

「また？」スーザンはサングラスを外して娘を見据えた。「あなたのせいで誰が別れたの？」

「お父さんとお母さん」キャシーは母をまっすぐ見返した。「私が知らないとでも思ってた？」

「どうしてそういう結論になるの？」

「言い争っているのを聞いたの。お母さんがなんと言ってたかまでは覚えていないけど」二人がけんかしていたのは確かだ。母の声には怒気があった。父の声はさみしげだった。「当時のことを高校生のときに一度お父さんにたずねたの。そうしたら、あれは自分のせいだと。でも、そうじゃない。お父さんは言ってた。まだ二人きりだったときは、自分も家を離れるときがあるから、お母さんがフルで働いていても問題はなかった。でも私が生まれたあとは、自分が経験しなかったふつうの家族の暮らしを娘にさせたかったって。お母さんには家にいてほしかったのよ。託児所に預けたり、家族以外の人に世話をさせたりすることをお父さんは望まなかった」

「ええ、そうよ」スーザンは頷いたが、渋面はそのままだ。「だけど、離婚の原因はそれじゃない。別れたのは、仲はいいけれど、一緒にいても幸せじゃなかったからよ。考え方が違いすぎたの。求める方向が違ってた。あなたのことだけでなく、あらゆる問題でね。私は成功したかった。プールつきの家、美しい景色、戸外に作るキーヴァ暖炉。でもあの人は、芝生つきのコテージがいいと言った」

黙って話を聞きながら、キャシーは心の中で微笑《ほほえ》んだ。母の今の言葉はキャシーの家を、家が持つ二つの面を表現している。コテージスタイルのキャシーの家には表に小さな芝生の庭がある。プールはないけれどビーチはある。景色もいい。両親のいいところを足して二で割ればキャシーになる。

息子のアランにもそうなってほしかった。両親のいちばんいいところを受け継いでほしい。

「だったら……どうして結婚したの？」それは、記憶にもないほど昔からいだいている疑問だった。傷つけてしまいそうで、父にはきけなかった。

「あなたがお腹《なか》にいたから」

「えっ！」キャシーは前のめりになった。「私は結婚して一年後に生まれたのよ」

スーザンはかぶりを振った。「お父さんの配慮だったの。望まれない子だとか、間違った妊娠で生まれた子だとか、あなたが絶対に思わないようにね。それで、二人で記念日をごまかした」

「そんな」

「あなたも知っているように、お父さんとは私の両親が死んだ夏にアルバイト先で知り合ったわ。最初のデートはビーチでのたき火パーティー。二人とも高校を出たばかりで、前にも話したとおり、彼のほうは新兵訓練のキャンプに入る予定だった。彼みたいな男の人は初めてだった。感受性が鋭くて、跳び抜けて男前でね。私は父の死を忘れようとしていた。そして彼は、私の精神状態がそこにいるほかの子たちとは違うと感じた。黙っていてもわかったみたい。そこから流れでなんとなく……」

「避妊具は使わなかった？」

「彼は持っていなかったし、私は……初めてだったわ。今の時代だと信じられないわね。女の子が未経験のまま高校を卒業するなんて。だけど、あなたと同じで、私も高校は早くに卒業したの。昔から集中して頑張るほうだったから」母がくすっと笑う。それを見てキャシーも微笑んだ。自分もそのプロ並みの集中力をかなり受け継いでいる。「あの夜に彼とそんな関係になるなんて予想外だった」母は海を見ながら静かに続けた。「でも一緒にいるだけで心地よかったの。ワインも入っていたし……」肩をすくめる。「あの夜に私の人生は大きく変わったわ。でも、後悔はしなかった。正真正銘の本心よ。あなたを産んで後悔したことは一度もない。あなたのお父さんと知り合ったこともね。彼を傷つけずにすめばどんなによかったかと思うけど、これだけは言える。長い目で見れば、別れたから浅い傷ですんだの。少なくとも、友人関係は壊れなかった」

そんなふうに考えたことはなかった。父と母が友人だなんて。お互い礼儀正しくにこやかに接しているのは、この私がいるからだと思っていた。だけど、二人にはたぶん、それ以上のものがあったのだ……。高校を卒業したあとまで父が生きていてくれたら、私にも違った何かが見えていたかもしれない。

「私はお父さんの話がしたかったわけでも、自分の話がしたかったわけでもないわ。自分を信じなさい、キャシー。あなたは昔から一人でなんでもやりとげてきた。三つか四つでさみしそうなお父さんを助けようとしたくらいよ。考えてみて……まだよちよち歩きの幼児だったのに、この場合は母親を頼らないほうがいいとなぜか察していた。自分で解決するしかないとわかってた。そして行動したの」スーザンは微笑んだ。瞳が少し潤んでいて、いつもの母ならサングラスで隠すのに、今はそうしない。「それがあなたなのよ、キャシー。私の知っている、私の大好きなキャシーは、そういう子なの」

言われても自覚はまったくなかった。「ドレイクとこっそり出かけて関係を持ったわ」思わず、高校の最終学年でできたボーイフレンドの名をあげていた。「一緒に何度かビールも飲んだの」

スーザンは笑顔のままで頷いた。「知ってる」

キャシーは顔をしかめて椅子にもたれた。ベッドに戻って朝からやりなおそうか。そうしたらこんな衝撃は避けられるかも。「知ってたの？」

「あたりまえよ。避妊具の袋はジーンズの尻ポケットに入れたまま。ビールの瓶はバスルームのごみ箱に捨ててある。私に知ってほしかったのね。だから、それ以降あなたたちが一緒にいるときは、私も極力様子を気にするようにしていたわ」

どちらもわざとやったわけではなかった。それにしても、この私がそこまでうかつだったとは。

スーザンはサングラスをかけた。「だからね、あなたはいつだって、わかって行動しているの。ただ、素直に認めない場合があるというだけ」

いいわ、そういうことにしておきましょう……。

「で、私はウッドに関してどう行動しているの？」

スーザンはサングラスを外した。今度は真剣な表情だ。「それはわからない。でも、やるべきことをやっているのはわかる。頑張って正しい形に持っていくだろうことも」

「今は間違っていると思うの？」

「違うわ！　ぜんぜん違う。今までなんの話をしてきたと思ってるの。自分を信じなさい、キャシー。何があっても、あなたはそれに正しく対処する。面倒見がよくて、優しくて、思いやりのあるあなただもの。それに、まわりの人を幸せにするためなら、あなたはどんなことだってするはずよ」

そうだと信じたい。だけど、自分がいつもそうだとは思えない。そこまでちゃんとした女性なら、今ごろは恋して、結婚して、ふつうの家庭を持っていたはずよ。

「あなたは何をするにも少し変わってた」母は椅子の背にもたれて、ネイルを施した爪先を砂にうずめた。「まあ、あなたのお父さんと私もふつうの子育てではできなかったわけだけど、あなたは子供を産む選択まで……。望んでいた恋愛結婚ができなくても諦めない。どうしても子供がほしくて、そのために違う方法を見つけ出した」

確かに、人工授精の選択はよかったと思っている。ただ……。

「彼が運命の人だったら？」こぼれた問いは、キャシーの外にも内面にも暗い感情を解き放った。胃が痛くなり、お腹の小さなふくらみをそっとなでた。冷静でいなければ。アランのためにも。

「将来、生活が落ち着いたあとでも、彼と私の気持ちが変わらなかったら？　彼こそが私が探しつづけていた理想の男性なのだとしたら？」

「考えにくいわね。彼はもう心を決めてる。あなたに惹《ひ》かれて、あなたを気づかっていても、その感情が別の何かに変わると信じる気持ちが彼にはない。可能性に対して心を閉ざしてる。結婚に失敗して、考え方が完全に変わったのね。言っておくけれど、彼の判断はたぶん正しいわ。あなたは別れた奥さんに似すぎているのよ」希望のかけらもない。

自分がなぜ母にこの話題を持ち出したのか、キャシーにはわかっていた。

真実を聞きたかったのだ。

そして、願ったとおりに聞くことができた。

11

日曜の夜、ウッドはエレーナにキャシーの羊水検査の結果について話した。エレーナが医学的な説明を始めると、質問を挟みながら一心に耳を傾けた。すべてを知っておきたかった。どういう可能性があって、どんな結果が予測できるのか。考えられる原因は？　今後の懸念は？　早期発見できたため、命の危険はまずないらしい。通常の分娩《ぶんべん》で元気に生まれてくるだろうとの話だった。

キャシーと胎児は注意深く経過観察される、とエレーナは強調した。ハイリスクな妊娠だと言われがちだが、それはその経過観察のせいであって、心配するようなことはほとんどないという。

それでもウッドは心配だった。いつもの自分らしくなかった。どちらかといえば、自分は地に足をつけて誰かを支えるほうだ。母が死んだときにも、悲しみにひたる時間があれば、弟がどれほど動揺しているか、どうすれば弟が苦労せずに生きていけるかを考えた。その弟が死ぬと、今度はエレーナのことで頭がいっぱいになった。彼女に何が必要かを調べて、できることはなんでも手助けした。

キャシーのことばかり考えている今と同じだ、とウッドは気がついた。

だが、彼女の中で育っている小さな命は……。あの命のために、僕は何をすればいい。何もせずに見守るという概念がウッドにはなかった。何もしないと落ち着かない。これでいいのかと不安になる。

それは初めて経験する、不快でもどかしい感覚だった。疑問は次々に生まれるのに答えが出ない。行動で解決することができない。

混乱に拍車をかけるのが、新しい自分の立場だった。名前のない、定義できない立場に自分はいる。血がつながっているだけの息子と、これからも関わらせてもらえる。これはどういう意味なのか？

頭の整理がつかず、残りの週末はずっとキャシーに連絡しなかった。急激に変化しつつある人生にどう適応すべきかと考えていた。もっとも、表面的にはなんの変化があるわけでもなかったが。

初めての子供が生まれる父親とは違う。自分にはその子を養う義務も権利もない。同僚への報告、保険の見なおし、出産に備えての医療的な手配、何一つする必要がない。

予定を空ける必要さえないのだ。分娩室にウッドの席などありはしない。

だが、キャシーのことや子供のことは、今まで大切だと思ってきた何よりも気になっている。

月曜日は仕事中に数人の仲間から奇妙な視線を向

けられた。まるで自分が妊婦になって、妊婦特有の輝きを放っていたかのようだ。想像するとおかしかった。そんな調子で仕事をしていたから、監督補佐のジェラルドにどうしたのかときかれた。何人かの職人に不満をこぼしていたようだがと。

「個人的な問題だ」ジェラルドとはもう十年以上一緒に働いている。「悪い問題じゃない。ただ、ベストな対処法を考えていた」嘘《うそ》をつくのは性に合わない。しかし、内面をさらけ出すのもいやだった。

「金の問題だな」ジェラルドが言う。立ったまま、二人はその場で二分間の水分補給休憩をとった。

「人を雇って対処してもらったほうがいいぞ。最初のころ、おまえがまだ遊び半分でやっていたころなら、俺でも理解できたが……」

ジェラルドは昔ウッドが投資でもうけたことを知っている。最初はウッドも話していた。出資額はわずかだったし、利益が出るとは思ってもいなかったのだ。だが、そのうち話さなくなった。ウッドが独力でどれほどの幸運を手にしてきたか、今後どれほど稼ぐ予定なのか、彼は知らない。

財布から何枚か札を引き出し、ジェラルドに渡した。「あとでみんなにビールでも飲ませてやってくれ。僕が謝っていたと伝えてほしい」

「自分で言えばいいじゃないか」

「さっき言った問題を考えたい。ここを出たらすぐにとりかかるつもりだ」ウッドは大きなごみ箱に空になった水のボトルを放り投げて仕事に戻った。現場ではたいてい、さまざまな作業をしている職人のあいだをまわって、隣で一緒に作業をする。この日は釘《くぎ》打ち機を使う作業を選んでいた。

ジェラルドと話してウッドは痛感した。もう一日たりとも悩んではいられない。すでに一日半はむだにした。行動を起こすのだ。〝活動的な人生は健康的な人生〟

〝ぼんやりしていると迷子になる〟

どちらのことわざもよく母が言っていた。しかも、ウッドとピーターが小さいころには、母の手でインテリアにされ、キッチンテーブルの上方の壁にかけてあった。それらの木製の壁かけはすでに古くなり、色あせたペンキもはげかけているが、今でも作業小屋のドア裏に釘で固定してある。

そのアイディアを思いついたのは、作業小屋からの連想だった。最後の職人が現場を出ていくのを見届けるとすぐ、ウッドはキャシーにメッセージを送った。土曜日に彼女を車で送り届けて以降、初めて気持ちが高揚していた。これこそ本来の自分だ。

〈ベビーベッドは準備した？〉

〈いいえ〉すぐに返事があった。〈二つ候補があるけど、まだ決めかねてる〉

〈僕が作ろうか？　お腹《なか》の子のために〉

お腹の子。アラン。僕の息子。生物学的なつながりがあるだけだが、生物学上の親として、その子にはどうしてもベビーベッドを作ってやりたい。

〈無理しないで〉

断ってはこなかった。脈はある。

〈僕の気がすまな――〉書きかけて消した。〈作りたいんだ〉打ちなおして送信した。

〈作ってもらえるとうれしい〉

頬がゆるんだ。盛大にゆるんだ。さらに続ける。

〈今週どこかで時間がとれるかい？　一緒に木材を選んで仕上げたい〉

大きな作品を作るのは久しぶりだった。最近は手すさびに材料をいじったり、家や庭の補修をしたりしている時間のほうが多い。

〈今夜は空いてるわ〉

それは好都合だ。僕も空いている。

幹線道路沿いにあるホームセンターで待ち合わせ

ればよかったと、迎えにくるウッドの車を待ちながら、キャシーは後悔した。今さら変更もできない。

そこまで頭がまわらなかったのは、ほかのことに気をとられていたせいだ。

メッセージを見たのは職場で、翌朝の顧客とのミーティングに備えて、まだ二時間ほど仕事が残っているときだった。週末のうちにすませるつもりでいたのだが、突然の母の訪問で予定が狂った。

といっても、母と過ごした時間は楽しかった。すばらしかった。墓地に行ったときには、ウッドが作って運んでくれたベンチを見せた。すぐに帰るのかと思いきや、スーザンはベンチに座って一時間以上話をしてくれた。母が話す過去のできごとは、キャシーの知らないものばかりだった。

例えばキャシーが生まれた夜の話。スーザンが言うには理想的なお産だったらしい。産気づいたのは予定日の前日。ゆっくりと子宮口が開いていき、途中で血圧がぐんと上がった。スーザンは死ぬほど怖くなったが、そばにいたキャシーの父が手をとり、大丈夫だよと何度も声をかけた。世の中のものごとはなるようにしかならないんだよと。

キャシーは波の話を思い出した。寄せては返す波。いいことも悪いことも運んでくる。

ほかの話もいろいろ聞いた。全部がいい話だった。家族でディズニーランドに行ったときには、父のアランが子供を連れた子供みたいになっていて、スーザンもそのひとときは童心に返った。

軍の仕事から町に戻っているときのアランは、いつも食事を用意してスーザンの帰宅を待っていた。皿洗いも自分がすると言ってきかなかった。

話をする母は少し目に涙を浮かべて、家族をとり巻く状況がもう少し違っていたらと言った。でも、とキャシーは思う。自分たちはなるようになっただけだ。昨日の母の言葉どおり、もし母が家に残っていたなら、両親は友人関係ではいられなかった。よくて険悪な同居人止まりだっただろう。キャシーも二つの家で愛情に包まれる代わりに、きっとぴりぴりした雰囲気の中で育てられていた。

不安定な今の状態で、仮にウッドとどうにかなっても、結局は母のようになりかねない。お腹の子以外に接点がない善良な男性を、私は無意識に傷つけてしまう。そうなれば、その事実を、後悔を、私は一生抱えて生きていくことになる。

法律事務所の前で車を待っていると、ウッドとの関係に関しては少し気が楽になってきた。何ごとも自然に解決する、そんな気がするのだ。大切なのは自分の本心や良心に耳を傾けること。そして、いっときの衝動だけで動かないようにすることだ。

ウッドのトラックに乗るときも、もう違和感がなくなりつつあった。踏み板の高さ、つかめる手すりの位置、脚や背に当たるシートの感触、すべて覚えている。男っぽいムスクの香りもだ。

彼はというと……現場からまっすぐ迎えに来たらしく、美しい男性モデルが作業服を着たらこうなるだろうという想像そのままの格好をしていた。足りないのはヘルメットと裸の胸と……。

ヘルメットは運転席の隣にあった。

となると、あとは胸……。

「どうかした？」出発前、キャシーがシートベルトで手間どるのを見て、ウッドが言った。

「え？　なんでもないわ！」大きな鞄《かばん》は自分の車に置いてきた。今持っているのは、買いものをするときに使う斜めがけの小さなバッグだけだ。探しものをするふりで頭を突っ込んで、決まり悪さをごまかす小道具には使えない。

「ごめん、家に戻って着替えてくればよかったな。おがくずのにおいがするだろう。体についてるかな」バックミラーを見て頭を払う。

何も落ちない。

「そのままですてきよ。すてきすぎる、かな」長くいい関係を続けようと思うなら、お互い素直になるべきだ。相手にも、自分自身に対しても。

「どういう意味だ？」ちらと目を向けてくる。薄く浮かんでいるのは間違いなく気障《きざ》な笑みだ。

ウッドロウ・アレグザンダーが気障に笑うの？　初めて知る一面だとキャシーは思った。

自分にとっては危ない一面でもある。いけない、彼をこんなふうに喜ばせては。

「別に……ただ……あなたと、私と、お腹の子供……全部初めての経験でしょう？」

交差点の止まれの標識に従うと、彼は真剣な表情でキャシーを見た。「気が変わったのか？　僕が関わるのはやっぱりいやなのか？」

気が変わったほうがよかったの？　暗い気持ちになったが、その暗さはすぐに消えた。というより追い払った。「いいえ。でも出口のドアはあけておくわ。あなたにはなんの責任も義務もないんだから」

返ってきたのは、無言という返事だった。

駐車場の奥に入って車を止めると、ウッドはキャシーのほうに顔を向けた。

「少し話せるかい？」こんな予定はなかった。だが、彼女が話題を持ち出した以上しかたがない。やはり彼女も自分と同じような週末を過ごしたのだろう。どうにかして安心させてやらなければ。

彼女は整った面差しに不安をにじませながら、しっかり聞く体勢になった。

「君は正しい。僕たちのやっていること……」ほかに表現のしようがない。「これはまったく初めての経験、ふつうと違う経験だ。でも、とにかく安心してほしい。僕は決してそのドアから出ない。君から追い払われるまでは、いるつもりだよ」

彼女は微笑《ほほえ》み、一瞬、助手席側の窓のほうに顔を向けた。目元に光るものが見えた気がした。

ウッドに向きなおったときにも、まだ目元は濡《ぬ》れていた。「私もいてほしい。追い払う気持ちなんてこれっぽっちもないわ。こんなすてきな人なのに、子供から遠ざけたいなんて思うはずない。血を分けた関係ならなおさらよ」

「君は僕と知り合って、まだ一週間と少しだ」

「十一日よ。私は人を見る目があるの。仕事柄、そうでないとやっていけない。私の父の話だけど、父はいつも人の行動を観察して、話す言葉を聞いて、それでやっと信用していた。どんな人物かを知るのに、言葉だけでは判断しなかった。私はそれを父から教わったの。この十一日間、あなたを見ていてわかったわ。もしあなたを知らずに育ったら、この子は自分の中の重要なピースが欠けたままになる」

厄介な事態は予期していた……。今その一つがウッドの心から飛び出して、二人の小さな世界で現実となった。次はどうするかを二人で考えないと。

「今僕たちに必要なのは、ある種の決めごとだ。常識や他人の考えはどうでもいい。僕たちにとって役に立つ決めごとだ……」今までのウッドの人間関係にもふつうや常識は存在しなかった。父が死んでからはずっとそうだった。ウッドもまたそんな人間関係から学んでいたのだ。「自分たちがどういう状態を望むのか、それがはっきりしていれば、この関係もうまくいく」

うまくいくようにしなければだめだ。それ以外の選択肢は存在しない。生まれてくる子供は、僕を知ることで利益を得る。

彼女は僕を惹《ひ》きつけて、一生続く関係へと誘い込んだ。

この先二人が傷ついても、傷つかなくても、もう引き返すことはできない。

12

自分の心に従うべきなのだろう。そうすれば正しい選択ができる。それが子供のためになり、自分のためになり、ウッドのためにもなる。それとも、全員にとっての最善を考えて、そのための行動に集中したほうがいいの？

仕事上での善悪の線引きならわかりやすいが、人生となると……。影響を与える要因が多すぎる上、道徳的な考え方も、生活スタイルも、世界観も人それぞれだ。ある人にとっての正解が、別の人にとっては間違いとなる。母も言っていたように、私は自分を信頼すべきなのだ。自分の人生を生きる。そして、ほかの人の生き方には干渉しない。

すばらしい考え方で少し高尚な感じもするけれど、これをどう実践すればいいの？

自分たちの関係を決める要因は何かと考えていると、店に入ろうとウッドが声をかけてきた。今はベビーベッドが先だと。キャシーはほとんど小走りになりながら彼と並んで店に入った。これほど途方に暮れた経験はほかになかった。自分だけの問題でも、誰か一人の問題でもない。たまに父親のところで娘らしくふるまって無理のない範囲で気を配る、といったようなこととは次元が違う。複数の人生が関わっているのだ。それも永久に自分とつながりを持つ人生だ。私の選択によって全員の生き方が変わる。私は一生その責任を負うこととなる。

「メープル材は使える。こっちのカバ材もだ」ウッドが話していた。「マツ材でもいいが、材料としてはふつうだな。サクラはいいぞ。ただ色の好き嫌いはあるかな。でも、だいたいどんな色にも変えられる。そこは任せてくれ。安全な方法がいくつかあるんだ。トップコートの種類にもよるが……」

キャシーは思った。ベビーベッドのことを考えるほうが、精神的な負担はずっと少なそうだ。

「ほしい形やデザインを決めておくと、選びやすいかもしれない」ウッドが言う。並んだ木材を見ていても、キャシーの頭の中は真っ白だった。

ウッドはトラックの後部座席から持ち出していたフォルダを広げると、キャシーにも見えるようにそばに来て、さまざまなベッドを指で示した。四角い脚と柵がついただけのシンプルなもの、曲線のおしゃれな装飾がついたもの、また、その中間のようなものもあった。

見せられるすべてに目を通し、彼の話に耳を傾けた。しかし、意識するのは彼のすぐそばにいる心地よさと、男らしい彼のにおいだけだった。同僚や顧客がつけていて、朝から晩まで職場でかがされているどんな高級な香水やアフターシェーブローションとも違う。清潔で、さわやかで、セクシーで、かいでいるとくらくらするほどだ。

深みのある声までがキャシーの体内で反響し、肌をざわつかせている。

「ある程度方向性を決めておきたい」ぼうっとしていたところに彼の声が割って入った。

ああ、そうね。方向性は私にも必要だわ。

「これはあなたから、あなたのこ、その……あなたの助けがあって誕生する子供への贈りものよ」少しつっかえたが、言いかけた言葉が互いの意識にのぼる前に先を続けた。「あなたが選んだほうがいい」

それだ。考えれば考えるほど名案だと思えてきた。

「あなたの好みで作ってほしい。色も材料もあなたが選ぶの」ウッドにすべてを任せてほっとしたが、実際にこれこそが最高の選択だろう。

よし、一つ解決……重要な決定はこれからだ。

今度の作品では今までとはがらりと違う方法をとってみたい。まずはリサーチだとウッドは思った。材質の違いには詳しいが、ベビーベッドを作るとなると、もう少し歴史も知りたい。ただのベッドとは違う。今度のベッドは僕のこ……僕の助けがあって誕生する子供を包んで、育てるベッドだ。

ようやく、やるべき仕事ができた。役割を持てた。僕はベビーベッドを作る。

これで子供の人生に自分の存在理由ができた。深い満足を覚えつつも、ウッドはふと考えた。

レジデントになったエレーナは自活している。レトロはいつ使うのかというほどたくさんの芸を覚えた。家屋はしっかりメンテナンスされ、仲間の職人たちとの仕事も順調で、今の現場のあとも予定が詰まっている。楽しく生きるというより、いつの間にか同じことを繰り返す毎日になっていた。唯一興奮するのが投資だったが、金に執着がないため、それさえも退屈になりはじめている。

しかし、今回に関しては、ただやることが見つかったというだけではない。ようやく息子の役に立てる。仕事ができるのだ。

考えただけでそわそわと落ち着かなくなってきた。黙って運転しているウッドの隣では、キャシーが何か考え込んでいた。店に入る前から心ここにあらずで、その心はいまだ遠くに行ったきりだ。何を思っているのか知りたかったが、きくわけにもいかない。彼女の人生は、彼女の仕事は、彼女のものだ。

僕はアランのベビーベッド作りを任された。そんな僕を、空の上の楽園からピーターはにやりと笑って見ているのだろう。

弟ならきっとわかっている。生まれてくる子供は人の手で作られる最高のベッドで眠るのだと。

そこではっと思いついた。アラン・ピーター。ピーター・アラン。いい名前だ。

だが、提案はできなかった。自分はただベビーベッドを作るだけだ。

駐車場に入って、キャシーの車の隣にトラックを止めた。店を出る前に夕食に誘ったときは、仕事が残っていると残念そうな顔で断られた。誘いを受けたかったことが、その様子から察せられた。よかった。

ぼんやりしているのが、仕事のことを考えているせいであればいいのだが。店に入る前に交わした会話のせいだとは思いたくない。

「話が途中になっていた件だけど」キャシーが口を開いた。車のドアに手をかける様子はない。

心を読んだかのような発言にも、ウッドは驚かなかった。今はお互い、相手の気持ちに敏感だ。

「将来起こってほしいことを、お互いリストにして書き出すのはどう？　あなたが言ったような、将来に望む状態のリストよ」

リストとは言っていないぞ。やるべきことが見つかった今は、黙っていればよかったと後悔した。

「あなたは正しい。私たちには決めごとが必要よ。せめて境界だけでも設定しておかないと」

そうだな。境界。いい言葉だ。境界とは安全を意味する。守っていれば災難は避けられる。

「リストは君が作ってくれ。僕はそれに従うよ」

「どうして？　私がリストに何を書くかわからないじゃない」

ウッドは肩をすくめた。「君は僕のことがわかると言うが、僕も君のことはわかるよ。君は正当な要求しかしない。さあ、そのきれいなヒップを動かして車を降りてくれ。ベッド作りに集中したい」

「私は不満よ」暗い視線が返ってきた。「リストはあなたにも作ってほしい。あなたの生き方は……私たちの関係すべてにおいて重要な鍵になるの。だけど、私にあなたの代弁はできない。この先、いきなり突拍子もないことをされても困るの。何より、息子につらい経験はさせられない」

彼女の言い分にも一理ある。

「私は本気でアランに父親を知る機会を与えたいと思ってる。そのことについて、週末、母とも話したわ……。一緒に墓地に行って、あのベンチに並んで座ったの。そこで父のことを語り合って、今までにないくらいすてきな時間が持てた……」

まったく。人の心を揺さぶってくれる。

「父のおかげで私の人生は豊かになった。私は今あなたと出会って、すばらしい人だと知った。あなたもアランを知りたいと思ってくれている。だったら、息子にもすてきな父親を知る機会を与えたいと思うのは当然でしょう？　私の母も、私がそんな思いを伝える前に、同じ結論に達していたわ」

おかしなものだ。いまだに親から認められると、正しさが補強されたように感じる。十七歳からそんな経験もなくなっていたというのに。別に許しがほしいわけじゃない。ただ……数十年長く生きている人の第三者的見解は、聞けるとうれしい。

「それから、少なくとも今は、私があなたに本気で惹《ひ》かれている点を考慮に入れないと」声から緊張が感じられた。唇に力が入っている。

考慮に入れる、か。僕は入れていなかった。そこを無視していた。無視して進んだ。

「お母さんとはそのことも話した？」時間稼ぎの質問だったが、いくら時間をかけても意味がないのはわかっていた。

「いいえ」まっすぐな視線に好感が持てた。そのおかげで体までほてってきた。これはまずい。彼女が続ける。「惹かれるのは、単純に近い距離にいるせいじゃないかと思うの。苦しいときに支えられたことか、妊娠によるホルモンの変化も関係している。今は妊娠四カ月で、聞いた話だと、この時期は人によっては欲求が強くなるって――」

ファスナーの奥に軽いこわばりを感じた。どんどん張り詰めていくのがわかる。

「しかも僕は、女性が振り向くいい男だ」緊張をやわらげるつもりでにやりと笑ったものの、車内の空気はかえって濃密になり、彼女と見つめ合ったウッドは、呼吸もまともにできなくなった。

キスにつながる予感があった。こういう場面ではキスをするものと相場が決まっている。

傾きそうになる体を、意志の力で引き止めた。セックスよりはるかに大事なこともある。

「何も起こらないようにしないと」彼女はゆっくりそう言って、ウッドの唇を見つめてきた。

「ああ、まったくだ。僕はもう決めているよ。僕のほうから行動は起こさない。今は絶対に。近い将来にもだ」彼女に、というより自分自身に言って聞かせた。「男女の関係になれば、ただでさえ複雑な問題がもっと複雑になる」

彼女の顔にちらとよぎったのは、明らかに落胆の表情だった。彼女はすぐにまばたきをして頷《うなず》いた。表情をつくろい、安堵《あんど》の笑みを見せようとしている。

「好奇心からきくのだけど……その……私って、どこか魅力に欠ける部分があるの？」

これは……つまり……あると答えてほしいのか？

ズボンの前をあけて、圧迫感をやわらげたくてたまらなかった。だが、ウッドは痛みに耐えた。

一貫性に欠ける彼女のメッセージのおかげで、今夜は混乱しっぱなしだ。ベッドを作っているほうがどれだけ楽しいか。

「僕は気楽な恋愛しかしないんだ。誰も傷つけないように」最初に頭に浮かんだ答えを返した。

「そんな関係を提案したいわけじゃないのだけど、

今言ったこと、本当なの？」

「ああ。最初からずっとそう思っている」

「でも……どうして？　今からだって家族は持てるわ。あなたなら立派な夫にも立派な父親にもなれるのに……」優しい口調が心にしみた。

「知り合って十一日で、そこまでわかるのか？」

答えない。彼女はただ待っている。

彼女はすでに正直に話してくれた。

「僕は調整役だ。困っている人がいれば、頑張って力になりたいと思う。どうも僕は、感謝されれば満足するたちらしい。真剣な交際へとつながるような、深い感情は求めていない」違う、それは正確ではない。そういう一面はあるが……。「できる人助けはせずにはいられない。まわりの人の世話をして、家族のようなつながりを大切にする。それが僕だ。でも同時に、それだけで終わることに、今はもの足りなさも感じている。また誰かを失うんじゃないかと怯《おび》える日々に、もううんざりしているのかもしれない。父が死んで、母が死んだ。そしてピーターまで……」真実を話すと心の重石《おもし》がとれた気がした。

「僕から見る限り、君はどこをとっても魅力的だ。外見も内面もね。君ほど抱きたいと思う女性は、今まで一人もいなかった。だからこそ、君とは寝ない。今君は僕を必要としている。でも、君がこの先健康な子供を産んで、次に進む準備ができたとき……。そのときにも僕は君のために、アランのために、寄り添える状態でいたい。そうだな、僕が言いたいのはたぶん、とりあえずの恋人になるのはリスクが大きいということなんだ」

「もし……ずっと……お互いの気持ちが変わらなかったら？」

どこまでことをややこしくしてくれるんだ。抱きたくてたまらない。僕の子供を身ごもっているからだとも言えるが、それがいちばんの理由ではない。

彼女は最初の電話から僕の心を乱してきた。

ウッドはかぶりを振った。

「そのドアをあけていたらどうなるかは、お互いわかっているよね。通り抜けるのはすぐだ」

距離が近い。視線がからまっている。

ここまで来れば次はキスだ。今、この場所でキスをするのが本当だろう。彼女もわかっているはずだ。彼女が唇をなめた。ウッドは痛みを押し隠した。下半身の衝動に負けるような自分ではない。

先に視線を外したのは、ほんのわずかの差で彼女のほうだった。

「結論として……あなたはあなたで、私は私でリストを作る。それでいい？」彼女がドアに手を伸ばす。

将来に望む状態のリストだ。それはいまや境界を意味するものでもあった。自分たちの愛するものを守る柵であり、檻《おり》であり、壁だった。

ウッドは頷いた。力強く。

13

その週、キャシーは一つの案件にかかりきりになった。キャシーが顧客にした慈善団体が職員の関係する問題に直面し、すぐにも適正に対処しなければ悲惨な結果を招きかねない状況なのだ。

団体の内外であらゆる調査をしたから、事務局長には何も非がなく、不満をいだいた一職員が不当な非難を続けているだけだとキャシーは信じている。弁護士の仕事は法的な助言をして顧客を守ることであって、罪を確定することではない。だが、自分自身のためにもはっきりさせる必要があった。

毎日夜まで働き、判例を調べ、双方のＳＮＳアカウントの投稿を読んで、やはり自分の読みは正しいとの思いを強くしながらも、決定的な証拠を探した。寝ているとき以外は、あえて頭を酷使しつづけた。そうやって、私生活をいっとき忘れようとした。

仕事中心の生活からシフトして私生活に多くの時間を割いてみれば、今度はそこから離れたくなる。その皮肉にキャシーは気づいていた。

ベッドに入る準備をしたあとは、毎晩、その日に届いたウッドからのメッセージを読んだ。彼はベビーベッドのデザイン候補を三つに絞り込んで、写真を送ってきてくれた。ここはいい、ここはだめだと二晩かけて話し合った。キャシーは子供用ベッドにも変えられるタイプが気に入ったので、三つのうちの一つが候補から外れた。彼は赤ちゃん用の箪笥《たんす》と、ベビーベッドと、おむつ替えの台も作ろうと言った。キャシーが興奮した絵文字を返したことで、二つ目の候補が消えて、デザインは決まった。

話は仕上げ処理と色に移った。週末になるころには、結局、子供部屋を丸ごと依頼していた。ロッキングチェアと本棚もメープル材で作って、素朴な感じに仕上げてもらうことにする。壁の装飾、シーツ、ロッキングチェアとおむつ台のクッションには、きれいな色を選んで、部屋全体を明るくしたい。

支払いはさせてほしいと言ったのだが、彼が気分を害した様子で、その話はあとにしようと言ったため、お金は払っていない。

彼は毎晩、体の調子はどうかときいてきた。大丈夫だとキャシーは答えた。おやすみ、と彼が言い、おやすみなさいとキャシーも返す。作ると決めたリストの話はお互い口にしなかった。互いの生活については何一つ話さなかった。

リストなんていらないのかもしれない。うまくいく方法はもう見つけたように思う。夜にメッセージを送り合い、相手が今日一日を無事に過ごしたことを確認する。でも、個人的な話はしない。アランについて何かあれば話したい。実際に生まれたら話すことはたくさんある。でも今はこれでいい。

問題は、会いたくてたまらないことだった。そういう自分にキャシーはいら立った。知り合ってまだ二週間だ。なのに私は、生涯の大親友から引き離されたかのように悲しんでいる。今担当している顧客について彼と話せたらいいのに。彼の意見を聞いてみたい。そこまで思ってはっとした。

私はそれほどまでにウッドを信頼しているのだ。彼の意見は聞く価値があると考えている。

ベッドで眠ったあとは、たいてい裸の彼と一緒にいる夢を見た。男らしい彼を間近で見つめて、手を触れる。でも目覚めると彼はいない。一人きりのベッドで、抑えきれない欲求を持て余すだけだった。

こういう現実の、何がどう自分の人生を変えるのか、キャシーにはわからない。でも、変えることは確かだとわかっていた。

ウッドは子供部屋の一件をエレーナに説明した。これからは空いた時間のほとんどを作業小屋で過ごすことになる。

どういう形になるにせよ、キャシーのおかげで子供とのつながりはできそうだとも話した。エレーナは彼の顔に手を触れると、目に同情の色を浮かべた。〝気をつけてね〟彼女はただ一言そう言った。

目はしっかり開いているから大丈夫だと言いたかった。僕は傷ついたりしないと。傷つくのは確定事項だとエレーナは思っているらしい。

エレーナが僕を愛せなかったからといって、キャシーまでがそうだとは限らない。

何を考えているんだ僕は。ウッドは自分が情けなくなった。不当にエレーナのあら探しをして、キャシーを持ち上げている。まったく意味がない。

恥ずかしさに襲われたせいで、電動かんなによけいな力が入ってしまった。二十ドル以上した板がだめになった。幸先《さいさき》の悪い土曜日だ。

別の板に変え、気持ちを落ち着けて作業に集中した。一時間無心に作業して、水分補給のために休憩していると、一週間近く考えても答えが出ないある問題へと意識が飛んだ。例のリストだ。

まだ何も書けていなかった。何を書きたいのかもわからない。これが理想の世界なら、キャシーと自分は愛し合っていて、そして子供が生まれる。

映画や小説以外でそういう愛が実在するのかも、ウッドの中では半信半疑のままだった。

エレーナが一度もウッドを愛さなかったように、ウッドも彼女を愛してはいない。エレーナと弟が、互いの愛によってストレスをはね返したとか、苦境を切り抜けたとか言いきれる根拠もない。弟夫婦の愛の強さは信じたいが、それでも……。

この世は決して理想どおりにはならない。ウッドの世界も、誰の世界も。

息子は育てたいと思う。新しい命が成長していく一瞬一瞬を見ていたいと思う。

将来どうなるかは予測がつかない。だが、その機会がある限り、キャシーが許してくれる限界まで、アランの人生には深く関わっていたい。

キャシー、アランの母親。僕はなんだ？　ベッドに入って、自分の子供を身ごもっている女性にメッセージを送ることが楽しみになっている僕は？

よくないな。

作業に戻って二時間ほどすると、レトロが自分の寝床から起き上がり、尻尾を振って外に出ていった。おやと視線を向けると、エレーナが歩いてくるところだった。手にバスケットを持っている。

背筋を伸ばしたウッドは作りかけのベビーベッドの枠組みから離れ、エレーナを見ながらドアのほうへと歩いた。

「どうした?」先に家での仕事を終えたのだろう。これから出かけるところで、予定が変わったことを知らせに寄ったのかもしれない。これも二人の習慣だ……予定はたいてい伝え合っている。

「ランチを持ってきたわ」言われてウッドが体を引くと、彼女は中に入ってきた。「どうせ夢中になって食べるのを忘れるんだろうと思って」

作業に没頭するとときどき昼を抜く。忘れるのではない。食事を抜いて、三十分よけいに好きなことをする。わかってやっていることだ。

エレーナはバスケットを片腕にかけ、もう一方の手で小型の折り畳みテーブルを引き出した。ウッドがそれを受けとって、広げて立てる。

彼女はツナとチーズのサンドイッチを作ってくれていた。自分用に持ってきたのは鉢に盛ったサラダで、たっぷりのツナがのっている。

求められて子供部屋関連の図面を渡すと、食べながらじっと見て、質問してきた。

「私だったら、おむつの交換台には引き出しじゃなくて棚をつけるわ」雑に描かれた絵を指して言う。「四角いかごを棚に置けば、あわてているときでもさっと引き出して中のものがとれる。正面にまわって引き出しを開くよりずっと楽よ。だって、片手は赤ちゃんに添えてるわけでしょう」

なるほど、そのとおりだ。

「台の周囲は高さ五センチの板で囲うんじゃなくて、ベビーベッドと同じような柵状のデザインにしたらどう? 囲いは囲いだけど、赤ちゃんが横を向いても外が見えるわ。それから、私なら揺りかごも同じにするわね。側面がただの板になってるものも多いけど、あんな狭い空間で天井だけ見てるのって、自分の身に置き換えたらいやだと思わない?」

確かにいやだとウッドも思う。彼女の提案には感謝しかなかった。

「思ったんだが、君とキャシーで会ってみるのはどうだろう。お互いを知るためにも……」

どうも自分は家族で集まるのが理想のようだ。そして、エレーナは家族だった。

彼女は考え込んだ。ぶどうを二粒口に入れる。

「やめておくわ」ウッドを見上げる瞳に同情があった。気に入らない。「出産後に招待されたら、すぐに駆けつける。最高の叔母さんとしてね」

あとに続く〝でも〟が聞こえる気がした。

「赤ちゃんの健康問題はあるし、今彼女から離れられないのはわかるの。あなたがどんな決断をしようと、私は応援する。でも……」ほら来た。ウッドは続きを待った。「あなたが傷つくのは見たくない」

「そんなに確信があるのか？　キャシーみたいな女性が僕を好きになるはずはない。君はそう思っているんだろう？」

ごまかしようのないきつい口調になってしまった。

彼女もショックを隠せずに立ち上がった。「どうしてそんなことを言うの？」口が半分あいている。

不当な非難だとわかっていたし、傷つけてしまったとも思ったが、言ったものはとり消せない。もっと自分を向上させてはどうかと、エレーナがことあるごとに言ってくるからだ。それがなければ、僕はもっと自信が持てていた。

エレーナは食べかけのランチもそのままに出ていこうとした。ドアのところで半分だけ振り返り、ウッドの目を見つめてきた。

「はっきり言うわね。私はむしろ、彼女のほうがあなたにふさわしくないと思ってる。あなたは自分を必要とする家族を全力で支えるわ。自分がどうなっても構わずに、自分の人生を犠牲にだってする。私と結婚したこともそう。また同じことを繰り返すのかと思うと見ていられないの。ピーターに頼まれて提供した精子を知らない女性が選んだからって、そこまでする？　あなたはピーターのために人生の多くを諦めた。もう充分でしょう」

エレーナは目に涙を浮かべて出ていった。

ウッドは黙って見送った。


土曜日の夜、キャシーは小さな会議室で、慈善団体〈SAFE!〉の事務局長とデリバリーの夕食をとった。

帰宅したときにもまだ〈SAFE!〉の役員会の方向性はわからないままだったが、団体をいい結末に向かわせるため、持てる力は出し切った。キャシーの提案したどの選択肢を彼らが選ぼうと、最後までつき合うつもりだ。

今日はウッドからの連絡がなかった。キャシーが返信するのは夜だけだが、いつもなら一、二件のメッセージが昼間のうちに届いていて、ベッドで、もしくは寝る前のソファでゆっくりと確認する。

まだここにある……私が運んでいる……。そう思って、いつも読むのが楽しみだった。

時間をかけてスーツを脱ぎ、ナイトシャツに着替えた。歯を磨き、ふだんはやらないのに髪までとかした。水を飲み、閉まっていると知りながら、もう一度戸締まりを確認した。書斎をのぞいてメールをざっと見た。すでに全部読み終えたメールだ。

そしてようやく寝室に戻った。ベッドに入り、枕を背中に当てて寄りかかった。ベッド脇のテーブルで充電していた携帯電話を手にとった。そして、暗く肩を落とした。何も来ていない。

ふだんより時間をかけたのに、どうして？

何かあったの？　あったとしたら、どうやってそれを知ればいいの？　緊急連絡先を交換しているような関係ならまだしも、そうではないのだ。

緊急連絡先は知っておいたほうがいいのかもしれない。万一自分に何かが起こって、アランを助けるためにウッドの血液が必要になったら、そのときは家族信託の手続きをして……彼を法的に家族の……なんだろう？　法律家の頭脳が動きだし、今まで本や話で見聞きした遺産関係の知識を思い出そうとした。守備範囲ではないため詳しくないのだ。

電話できる専門家なら二人ほど知っている。といっても土曜の夜十時では迷惑だろう。ウッドにメッセージを送って、了解してくれるかきいてみようか。

キャシーはかぶりを振ってリモコンを手にした。昔のコメディドラマをつけ、それから別の古いドラマに切り替えた。警官と弁護士が中心となったドラマだ。これなら話にのめり込める……。

それが来たのは突然だった。鋭さはない、だが、はっきりと感じた。完全な不意打ちだった。かすかな動きなら、例えば気泡が弾けるような違和感なら、今週はずっと感じていた。胎動だという確信はなかった。そうであってほしいと思っていた。

でも、これは……。どきどきしながら待った。次は何が来るのか？　赤ちゃんが蹴ったのなら、一回じゃ終わらないわよね？

それとも、何かの異常が起きたの？

貧血が別の病気を誘発した？　赤ちゃんが苦しんでいるの？　ふつうの妊娠であれば心配などしないだけど……。

携帯電話で検索をかけた。見つけたのは、とある評判のいい病院のサイトだった。四十五分かけて、流産の兆候や、恐ろしい血液疾患の症状について、見つけしだい読みあさった。ついでに、おむつかぶれを防ぐ方法まで。あれからお腹《なか》はしんとしている。締めつけ感もなければ、トイレに行きたいとも思わない。でも、考えてみれば、行っておくべきだ。

用を足して、出血の有無を見た。出血はしていない。ベッドに戻り、携帯電話の検索窓に〝赤ちゃんにお腹を蹴られる感覚とは?〟と打ち込んだ。

　二十分熟読したあとは、笑顔になっていた。もう一度蹴ってほしい。お腹に手をかけて話しかけた。

「なんでもしていいのよ。そこで気持ちよく過ごしてね、私のアラン。好きなだけ動いていいの。四カ月と一週間は長いわね。よかったら……もっとたくさん蹴ってくれないかな。そうしたら、あなたが元気だってことがママにもわかるから」

　ぽんと蹴ってきた。

　それは、アランがそこにいるという実感をキャシーが初めて持てた瞬間だった。初めて親子で通じ合えた瞬間だった。

　携帯電話でメッセージアプリを立ち上げた。

〈今夜、赤ちゃんが初めてお腹を蹴ってきたわ。あなたにも知らせておきます〉

　部屋の明かりを消したあとは、ベッドに横になって、テレビの音声を子守唄代わりに眠りについた。

14

　作業小屋にいて、ベビーベッドの最後の枠組み部分を接着剤と釘《くぎ》で組み立てていると、キャシーからメッセージが届いた。

　ウッドは一度読み、作業に戻った。もう一度読んで、またしばらく作業を続けた。

　そのあいだもずっと、ふくらんだキャシーのお腹《なか》に片手を添える自分を思い浮かべていた。なめらかで柔らかい肌の感触を想像した。ただ、その〝蹴り〟が自分の手にどう伝わるかまではわからない。赤ん坊に直接蹴られた経験もないのだ。液体の詰まった袋の中から、脂と皮膚という防御層を通して伝わってくる感触など想像できるはずがない。そしてたぶん、直接蹴られる経験のほうも、できないままに終わるのだろう。

でも、経験してみたい。

キャシーにメッセージを返したかった。だが、エレーナの言葉が頭に残って、不快感がおさまらない。わかってほしいとその言葉が訴えてくる。

尊大だと僕に思われて、エレーナは深く傷ついた。彼女に不満をはっきり主張したことは一度もなかったが、今夜は長い年月とともにたまっていたいら立ちが言葉ににじみ出てしまった。

僕は何年も間違った想像をしていたのか。その思いが頭を離れない。宙ぶらりんの感覚だ。審理を待つ気分だった。もっと証拠がほしい。

夜もふけたころ、ウッドはキャシーのことばかり考える自分が腹立たしくなってきて、心を決めた。今夜だけは彼女の様子を確かめる習慣を中断しよう。そのほうがいい。一晩だけだ。


僕がいなくてもキャシーは立派に生きてきた。一晩連絡が途絶えてつらいのは、僕のほうだけだろう。

それに、肝心なのは自分がキャシーへの執着を捨てることだ。でないと、人生を台なしにしかねない。彼女とアランの人生までも。

考えているうちに時間は過ぎた。ベッドに入ったのは夜が明ける二時間ほど前で、それまでにウッドは紡錘形《ぼうすいけい》の棒を四つ完成させていた。答えは見つからず、キャシーに返事はしなかった。

日曜日、ウッドは朝一番に芝生の草刈りをした。それから一時間以上レトロと過ごし、待てをさせてボールをとりに行かせる遊びを続けた。

遊びながらレトロにアランの話をした。午前中の大半をそうして過ごし、遊び疲れたレトロが舌を出してウッドの前に座ると、ウッドもペースを落とした。レトロの目を見て、そうかと気づいた。僕もレトロのようにすればいい。ずっとやってきたことじゃないか。大切な人に寄り添う。レトロは何をするにも迷わない。先のことを心配したりはしない。

僕はあれこれ考えすぎる。エレーナ、キャシー、お腹の赤ん坊。僕の人生は三人すべてと関わりがある。だったら三人すべてに寄り添う。未来はわからない。コントロールもできない。だが、自分自身を信じて進んでいくことは可能だ。

僕は賢い人間だ。強い男だ。家族を見捨てたことはない。義務から目をそらしたことはない。十七歳のときにも逃げずに頑張った。今、自分を疑う理由がどこにある？

心がすっと楽になり、ウッドは母屋に戻ってシャワーを浴びることにした。

今日は作業小屋にこもる予定だ。途中で少しビーチに出る。ビーチでは夕方近くに職人仲間の何人かが家族でバーベキューをして、ビーチバレーの試合もする予定だから、顔を出すつもりだ。

だがその前に……。ウッドはTシャツを着て短パンとサンダルをはくと、ベッド脇のテーブルから携帯電話をとった。メッセージアプリでキャシーの名前をクリックして、通話ボタンを押した。

「ウッド？　大丈夫なの？」一回の呼び出しでキャシーが出た。声が緊張している。

「ああ。すぐに返事をしなくて、ごめん」適当な言いわけでごまかそうとしたとき、お座りして自分を見上げるレトロと目が合った。「よかったら、僕の犬に会ってみるかい？　一緒に海辺を散歩するのはどうかな……」何キロも続く踏みならされた道だ。もとは鉄道が通っていたところで、プライベートビーチからしか入れない。

「いい運動になりそう」早くも柔らかな声になっている。安堵《あんど》した様子が伝わってくると胸が痛み、ウッドは罪悪感を振り払った。なぜもっと早くに連絡しなかったのか。

唐突にふくれ上がった高揚感にも、罪の意識を感じた。午後を誰かと一緒に過ごすというだけで、こんなにわくわくするのは初めてだ。

落ち着こう。彼女にどれくらいで準備できるかをたずね、迎えに行くと話した。了解してもらえたときには、今日はいい日だとうれしくなった。

ペットを飼っていたのはもう遠い昔だが、ウッドが連れてきたレトロと十五分も一緒にいると、また飼ってみたいという思いが強くなった。フルタイムで働いている上、もうすぐ子供も生まれるのだから、現実的な願望ではない。だけどいつかは……。

アランが飼いたがる。今から想像できる。

ウッドのトラックに乗っているのは……心地よかった。もう日常だ。後部座席のレトロから耳の後ろに鼻先をすりつけられるのも楽しい。キャシーは大声で笑い、ウッドが見とがめて叱ろうとすると、しっ、と止めた。「いいの。友達のあいさつよ」

実際、レトロは飼い主に劣らず優しくて友好的だった。三十分の散歩のあいだ、ウッドの会話はもっぱらレトロとレトロのしつけ、それから六月も下旬に入った今の穏やかな天候についてだった。日曜日の今日は、とりわけ青い空と日差しに恵まれていた。

伸縮性のある膝上丈の黒いパンツは、大きくなりつつあるお腹を楽に包んでくれる。上半身は太腿まである綿の白いトップスで、靴はテニスシューズ。一週間の緊張がほぐれていくのがわかる。

そのとき、ウッドが言った。「ゆうべは返事をしなくて悪かった。自分で決めて、わざとそうしたんだ。今は後悔している」

わざとだったの？　今捨てたばかりの緊張感が、またじわじわと戻ってきた。

「なんでもあなたの思うようにしていいの」とっさ

に返した。「そんなことで謝らないで。この子を産むのは、最初の妊娠からして私が決めたことよ。あなたにはなんの責任もないわ。むしろ、私とこの子のほうがあなたに感謝したいくらい。あなたが精子を提供していたから、アランが生まれてくるの。ずっとほしかった家族が持てるの……」

いっとき沈黙が続いた。人々が通り過ぎる。数台の自転車に、インラインスケートをする熟年カップル。ビーチに座っている家族が遠くに見える。崖の脇から海岸へと道は下りはじめていた。

「メッセージを返さなかったのは、君の生活に深入りして迷惑をかけたくなかったからだ。もうそうなっているかもしれないと思った」

「迷惑だったら私からそう言うわ」

「そう確信できるといいんだけどね」

キャシーは道の脇に彼を引っ張り、正面から彼を見据えた。「確信が持てなくても、これだけは信じて。私は遠慮して黙り込むような性格じゃないわ。あなたが私のスペースにずかずか入り込んできたり、それでいやな思いをさせられたりしたときは、絶対に黙っていない」

彼が目をのぞき込んでくる。じっと見返して、そこにあるはずのものを彼に読みとらせた。

「例えば、あなたのその変な責任感や義務感でいらいらさせられている今みたいにね」

彼は頷《うなず》いた。彼のその大きな笑顔が、さながら太陽が輝きを増したかのようにまぶしかった。

「あなたは私の人生に必要な人よ。アランのためだけじゃない。私はあなたが好きなの」

「僕も好きだよ」

キャシーはハグしたくてたまらなくなった。衝動を抑えて再び歩きだした。

ウッドは心を決めた。僕は何も間違ったことはしていない。これからもするつもりはない。キャシーに、そして自分自身に正直でいる限り、どんな複雑な問題が生じようと、乗り越える道は二人で見つけられる。

「週に一度、一緒に夕食をとるのはどうだろう」帰り道、レトロはキャシーの横についておとなしく歩いていた。

キャシーがちらと目を向ける。「本気なの？」

「ああ。僕の場合、平均して一週間に七日は一人で食べてるからね。互いを知るいい機会になるんじゃないかな。アランのためだ」

少なくとも、理由の大半はアランだ。アランがいなければ、こんなふうに彼女を誘いはしない。

「定期的に食事をするのは賛成よ」喜んでいるその顔を見て、思わず笑みがもれた。今日の自分は、午後になってから何度も笑っている。ふだんの何倍も笑っている。あまり意識することのない喜びの感情が、彼女の持つ何かによって引き出されている感じだった。彼女が言い添える。「夜のメッセージ交換も続けたいな。あなたがいやでければ」

「いやじゃないさ」

「あなたが元気なことを確認したいの。おかしいわよね。三十四年間、あなたのことなんてこれっぽっちも知らなかったのに。でも、今は夜にあなたが無事でいるとわかるとほっとするの」

危うく足が止まりそうになった。

ウッドの人生において、それは基本の考え方だ。いちばん重要な点だ。大切な人たちが元気でいることを常に確認せずにはいられない。

大好きな人を失ったせいだ……何度も……。

彼女は今、ウッドのことを大切な人だと言ったのだ。家族のことを心配するかのように。

「僕もそうだよ」ウッドはそれだけ言った。

ウッドの世界は、今また大きく変化した。

駐車したトラックまであと少し。四百メートルほどだろうか。うやむやなままでは帰れないとキャシーは思った。リストがまだだ。自分たちの境界が設定できない。その一方で、初めて経験するすてきな大人の関係になりそうなのに、ここで台なしにしたくはないという気持ちもあった。

ほかのどんな関係よりも大切だと今は思える。ある意味、彼は両親よりも身近な存在だ。

このままではもの足りない。なのに、ぎくしゃくせずに続けられる方法がわからない。キャシーは自分に何度も言い聞かせた。このあいだ知り合ったばかりの人なのよ。

だが、心が聞き入れようとしなかった。

「で……ゆうべはその子が動いたって？」ウッドは両手をポケットに入れていた。指が触れ合うチャンスはない。代わりに腕を軽くぶつけた。そうやって、歩きながらなんとか体を接触させた。

「たぶんそうだと思う。ネットで調べたの」

「そのあとは動いてない？」

「ええ。だけど、ネットの情報だと、それがふつうみたい。最初はそうなんだって」

「どんな感じだった？」

きれいな青い瞳に浮かんだ好奇心がうれしい。

「何かに内側から押されているみたいなの。言葉で言えばあたりまえだけど……息が止まりそうになったわ。力の問題じゃなくて、びっくりしたから」

「痛かった？」

キャシーはかぶりを振った。「ぜんぜん。柔らかいゴムボールが当たったみたいなの。お腹の内側でぽんと跳ねる感じ」その表現がいちばん近い。

彼はまたつわりについてもたずねてきた。今のところは感じていない。自分でも信じられないが、今は妊娠の話はしたくなかった。そこから最後に話をしたときのことに話題が移るのがいやだった。

ビーチに来る途中の信号で車を止めたとき、彼はでき上がったベビーベッドの枠組みの写真をキャシーに見せてくれた。エレーナが提案した改良点について聞かされたときには、ひねくれた気持ちから全部却下だと言いたくなったが、嫉妬だと気づいて自制した。考えてみれば、どの改良案も筋が通っていてすばらしかった。最後には反抗心も消えて、提案してくれた彼女に感謝さえしたくなった。

「あなたの要求していた境界について考えたわ」ぽろりと口にしていた。駐車場が近づいて、人が増えてきた。自転車に乗った五人家族。手をつないだカップル。露出度の高い服を着た十代の女の子たちが、声高におしゃべりをして笑い合っている。

「それで？」ウッドは不快な雑音も気にならない様子だった。うるさいとキャシーは思ったが、雑音に守られているのはありがたいとも感じた。

「私は、あなたが思い描いているものを、もっとよく理解したい」それは逃げだった。境界は設定したくない。というより心の準備ができていない。まだ存在にさえ気づいていない何かを、そうと知らずに遠ざけてしまうかもしれない。

目に見えていないという理由で、そこにある何かを無視してしまうかもしれない。

三輪車がレトロにぶつかりそうになり、ウッドがレトロとキャシーを道の外へと促して、ビーチへと下りていく。

「一時間後に別の場所に行かなきゃならない」ウッドは言った。避けられない会話を先延ばしにしているのだとわかった。

始まったばかりの関係が終わりになるから？

ずっとキャシーのそばにいると彼は言った。アランのためだと。だけど、言葉さえ交わさずに子育てをしている両親はたくさんいる。

「すぐそこのプライベートビーチでバーベキューをやるんだ。君を家に送ったら、レトロを連れてそっちへ向かう」

「そう」そんな詳しい説明はいらない。

「僕が計画した」ウッドが砂の上で足を止め、キャシーを見つめた。キャシーはお座りしたレトロと目が合った。何かの始まりを予感したような目だ。

「僕が雇っている職人と彼らの家族だ」

わかったわ。用事があるのね……。

「君を連れては行けない」彼の口調が変わり、キャシーはようやく彼を見返した。短くて量の多いブロンドの髪、きれいに髭《ひげ》をそった肌、言葉よりも多くの感情を伝えてくる瞳。

残念そうな顔だ。言いたいことがわかってきた。

「恋人同士だと思われる」

「そうね」

「恋人になってはだめなんだ。それが僕の決めた境界だ」彼は視線を外さない。こんな美しい顔があるだろうか。ハンサムの域を超えている……。まさに、女性の本能を刺激してくる男性だ。

わかっていた。

心に咲いていた花がしぼんだ。

「君と遊びのセックスなんてできない」

その誠実さが、誰も触れてきたことのない心の奥にじんわりと染みた。

「私もよ。あなたとのセックスを、軽くは考えられない」そう言いながらも、キャシーはキスがしたくてたまらなかった。同時に、そんなことは絶対にしないともわかっていた。

「僕の決めた境界はそれだけだ」その瞬間、すべてが変わった。閉ざされるかと思ったドアが、ウッドの手であけられたのだ。それも大きく。

「だったら……私たちは友達ね」

「君は僕のいちばんの親友になるよ」

「私もそう思う」キャシーは微笑《ほほえ》んだ。レトロがウッドとキャシーの腿に体を押し当ててくる。私も仲間でしょ、と言っているかのようだった。

よかったねと言っている気がした。

それとも、後悔する行動をさせまいとしているの？　例えば、半歩近づいて体を触れ合わせたりするのはだめだからね、とでも言っている？

「アランについては……前にも言ったけど、あなたが望むなら関わってほしい。あなたの意見を優先させるという意味じゃないわ。なんであれ決めるのは私よ。だけど、大きな決断では遠慮なく考えを言ってほしいの。相談されるのがいやでなければ」

「いつでも、なんでもきいてくれ」

「この子には、あなたが父親だと最初から教える。今はいろんな生活スタイルがあるでしょう。教えれば、この子も理解できると思うの。この人は家族じゃないけど、あなたにとっては家族なんだって」

彼が目を潤ませるのを見て、話してよかったとキャシーは思った。決断してよかったと思った。

「私の言うことは絶対だとわからせないと」そう続けたのは、間違った印象を与えないためだった。

「私は親としてのどんな権利も放棄しない。あなたがどんな金銭的義務も負わないのと同じようにね。それから、出生証明書の父親の欄は〝精子提供者〟にするつもりでいるわ……」

彼は苦労して真顔を保っている。なんとか、キャシーの言葉に敬意を払おうとしている。だが、すぐに大笑いした彼を見て、キャシーはうれしくなった。離れた場所にいる集団が何ごとかと振り返った。

「聞いたか、レトロ？　僕は父親になるんだ……」

簡潔な言葉。陽気な笑い声。愛犬とのおちゃめな会話。

それらのすべてが今、記憶に刻まれた。一生忘れないとキャシーは思った。

15

　二週間と少しがたち、キャシーがまたエコー検査を受けた。医師にアランの鉄欠乏性貧血を疑わせるきっかけとなったあの黒い影の状態を見る検査で、このときはウッドも同行した。夜のメッセージ交換を通して、彼女は子供についての不安な胸の内を、ますます素直に吐露するようになっていた。これは正常なのかと心配になったときには、必ずウッドに相談してきた。今の自分はもう、妊娠時の問題を調べることにかけては達人だ。それもこれも、キャシーを安心させたい一心だった。

　子供部屋の家具作りは別として、妊娠期間の自分の役割は、落ち込んだら出られない大穴からキャシーを遠ざけることだとウッドは考えていた。彼女のために何ができるかを考えるのは楽しい。立派に役目を果たすべく頑張っているところだ。

　だから、エコー検査に同行してくれるかときかれたときは、即座にイエスの返事をした。

　彼女はいつものように朝一番の予約をとった。検査に向かう車内では、作業途中のロッキングチェアについて話して聞かせた。ベビーベッドの次にとりかかったのがそれだった。子供部屋で二番目に重要な家具だからだが、どの家具より技術が求められそうだという理由も関係していた。もっとも、そこまで彼女に話したわけではないのだが。

「月曜よりも大きくなったね」七月の第二水曜日の朝、ウッドは名前を呼ばれるのを待つ彼女に話しかけた。約束どおり、今は週一で一緒に夕食をとっている。月曜の夜、仕事が終わったらすぐだ。

　ゆとりのある黒いパンツに、上は白黒のニットのトップスと短めの黒いジャケット。背筋を伸ばして座った彼女は、お腹《なか》のふくらみに両手を置いていた。まだ目立つ大きさではないが、お腹に子供がいることははっきりとわかる。

「私もそう感じてる」彼女は小さく笑った。唇がかすかに震えている。緊張しているようだ。

無理もない。この前の検査によって、彼女は大きな不安と向き合うことになったのだから。

手をとってぎゅっと握った。「大丈夫だよ」言ってから、自分が何をしたかに気がついた。キャシーと手を握り合っている。変な気持ちからでは絶対になかった。安心させたいという百パーセント純粋な気持ちから出た行動だった。それでも、一線を越えたことは間違いない。

ビーチを歩いたときを最後に、境界の問題を深く話し合ったことはなかったが、一つだけ明確な暗黙の了解があった。二度と手は触れない、だ。

さりげなく彼女の手を放すか、自分の手を引くかしようとしたとき、ドアがあいて名前が呼ばれた。彼女はウッドの手をとったまま立ち上がった。

「父親も一緒にいいですか？」ドア口で待つ看護師に話しかけている。

「もちろんですよ」

いや、何を言ってる。僕の仕事は待合室で待つことだ。ほかの女性たちが入ってくるのを見ながら、この待合室でまさしく〝待つ〟ことなんだぞ。

だが、ウッドとてばかではない。キャシーは生きた息子の姿を見せようとしてくれている。忠告してもよかったが、そのせいでややこしい事態にもなりかねない。ウッドも立ち上がった。彼女が手を離し、ウッドは彼女についてドアをくぐった。

検査自体につき添ってもらうつもりはなかった。時間がたてば後悔するかもしれない。だけど、ジャケットを脱ぎ、診察台に上がり、指示に従って体を倒したときでも、ウッドがいてくれるから、キャシーはふつうに呼吸ができた。部屋ではすでに検査技師が待っていた。ゼリーとポータブルカメラも準備されていて、上着とパンツをずらしてお腹を出すようにと技師がキャシーに声をかけてきた。

初めてウッドにお腹を見られていると思うと落ち着かず、お腹にゼリーが塗られたときには、その冷たさにびくっと体が動いてしまった。

「よければ、そちらにどうぞ」技師がウッドを見て診察台の反対側、キャシーの肩口にあたる場所を指し示した。「画面がよく見えますよ」言いながらカメラをゼリーの中で動かしている。

すぐにアランのいる子宮が映るはずだ。画面を凝視してしまうと、すぐ横で自分の飛び出たおへそを見ているウッドの様子は目に入らない。

キャシーはウッドに目を向けた。彼は仕事のときに着るジーンズとTシャツという格好で、ベッドの反対側にある画面を注視している。お腹のほうは見てもいなかった。

と、そこで彼の視線が動いた。あらわになったお腹を見て、そのままキャシーの顔に視線を移す。目と目が合った。瞳が語りかけていた。何も心配しなくていいんだよ、と。

彼にわかるはずはない。キャシーにもわからない。

それでも息が吸えた。また楽に呼吸ができた。

「さて、見てみましょうか」技師が言い、キャシーは最初のエコー検査で経験ずみの、あの職業上の沈黙が来るのを覚悟した。何かを見つけても法的に自分からは何も言えないときの、あの沈黙だ。

ウッドが画面を見て、またキャシーに視線を戻した。二、三秒のあいだ、二人だけに通じる優しい空気が、繭のようにキャシーを包んだ。

「ほら、ここよ」技師の声にはまだ花畑のような明るさがあった。「これが腕で……これが脚……」

ウッドが初めて子供を見たのがわかり、キャシーは彼の表情を探った。彼は画面に集中している。そしてキャシーに顔を向けた。初めて見る表情だった。畏敬の念と、優しさと、驚きが浮かんでいる。感情があふれ出し、胸がいっぱいになった。込み上げてくるものをこらえて唾をのみ込む。

そのまま彼を見つめていた。画面を見ることができない。

「そして……これが心臓ね……」技師が歌うような声で言う。赤ちゃんの心音が聞こえてきた。大人の心音より速い。が、それはふつうだとわかっている。キャシーは頭の中で心拍数を数えながら、乱れはないかと音に集中した。大丈夫だ。

ちらと目を向けてきたウッドに微笑《ほほえ》んだ。

この瞬間が永遠に続いてほしい。でも、検査は一刻も早く終わってほしかった。仕事に戻って、早くなんでもない日常をとり戻したい。

アランの成長が順調であってほしい。現状が現状だから、結果を聞くのは少し時間がたってからだろう。放射線科医が画像を確認、危険度が上がっている場合は、一時間以内に担当医に報告が行く。

「今までの話以外で、医学的な説明もアドバイスもできないことは知っています」ウッドの声が聞こえた。「でも、ドクターに鉄欠乏を疑わせた影というのがどれなのかは、教えてもらえませんか?」

キャシーは彼を見た。何を言っているの?

カメラがお腹の上で位置を変えた。「ここですよ」

キャシーは彼の顔をじっと見ていた。なんの感情も読みとれない。

いったい何が見えているの?

悪いものなら、起き上がって服を着たい。話を聞くときには強い自分でいたい。すぐに動けて行動を起こせるようにしておきたい。

何枚か写真を撮りますと技師が言い、それからゼリーをふくための暖かい布を渡された。検査は終わりで、もう帰っていいとのことだった。

パンツのウエスト部分を引き上げるときには、今さらながら少し恥ずかしかった。次にシャツを引き下ろしてお腹を隠した。ジャケットに手を伸ばすときには両手が震えていた。技師が出ていき、ドアが閉まった。

「何もなかったよ」ウッドの声が部屋に響いた。

「え？」片袖だけ腕を通した状態で、彼を見た。

「言われたところを見たけど、影なんてなかった。何もなかった。明るい灰色だったんだ。ほかのところと何も変わらなかった」

自分の顔がゆがむのがわかった。なんとか我慢しようとした。「影がなかった？　本当に？」

彼は軽く頭を傾けた。彼の優しい思いやりが、愛情が、全身を包んでくる。「影はなかった」

毎日の食事に気をつけて鉄分をとったのが、いい結果につながったの？

頭より先に体が動いた。彼の胸に抱きついて、キャシーは涙を流した。

その日の午後、ウッドがまだ仕事中で足場に立っていたとき、あなたの言ったとおりだったとキャシーからメッセージが届いた。検査で影は見つからなかったと担当医からはっきり聞いたらしい。二週間後に二度目の羊水検査をする。それまではアランの赤血球数がどれだけ上がっているのか正確にはわからないが、今のところ胎児はなんの問題もなく順調だと、医者は明るく言ったそうだ。

金属製の足場から危うく落ちそうになった。

一緒に点検していたジェラルドが手を差し出した。

「大丈夫か？　悪い知らせなのか？」

「いや。悪い知らせじゃないよ」息子は元気だった！　少なくとも、担当医は楽観的だ。

キャシーは子供に父親はウッドだと言うつもりでいる。アランの人生に、僕は公に関わることになる。

エレーナにはすでに話して聞かせた。よかったじゃない、と彼女は喜んでくれた。

話せないのは、今朝の検査室での信じられない経験についてだった。検査室に入ったことさえ、話すのはためらわれた。貴重なひとときだった。あの経験は自分だけのものだ。どんな憶測も判断も聞きたくない。下手に心配されるのはごめんだった。

あのときのハグ。突き出たキャシーのお腹が強く押し当てられたあの感触。あれはあのときだけの例外だ。彼女はウッドをハグしたのではない。抱きつく何かが必要だった。誰でもよかったのだ。

だとしても……あのときは、くらくらした。もっとハグしたい。したくてたまらない。

そんな思いは、しかし、意識するたびにすぐさま振り払った。

アランを、キャシーを失望させはしない。自分自身にも失望したくない。

その日の夜は、メッセージでキャシーにその話をしようかと思った。今ではお互い、日々感じたことを前よりずっと多く語り合うようになっている。だが、本来これはそっとしておくべき問題だ。わざわざ大ごとにしなくていい。

三十六年間、大きなへまはせずに来た。今さら火遊びなどするつもりはない。

月曜日になって、キャシーにはそれだけを伝えた。夕食の待ち合わせ場所を話し合っていたときだ。すでに郊外の小さな店に決めてはいた。人に見られたくないとか、そういう理由ではなく、知り合いにばったり会って説明するのが面倒だからだ。今は二人とも出産だけに集中していたかった。

キャシーがその電話をかけてきたのは、ウッドが帰宅してシャワーを浴びたあと、服を着て、レトロにえさを与えて、トラックに戻ろうとしたときだった。彼女はこう言った。今日は顧客と大変な一日を過ごしたから、騒々しいレストランで席に座って、料理が出てくるのを待つのは気が進まないと。家がいい。前日に作ったロールキャベツを温めて、ビーチでのんびりしたい――あなたと一緒に。ウッドもそうしたかった。大賛成だった。

その強い願望を自覚したからこそ、ウッドは言ったのだ。火遊びはできないと。彼女のプライベートビーチで並んで座ることはできない。食事をするなら店でないとだめだ。彼女もそれで引き下がり、ただレストランで落ち合おうとだけ言ってきた。

ウッドは自分に言い聞かせた。問題を起こすな。自分を信じろ。そして駐車場に入ったときだった。レストランのドアに手をかける彼女が目に入った。ゆとりのある黒いシャツでも、ウッドの子を宿した腹部のふくらみは隠しきれていない。自分をどこまで信じていいのか、ウッドはわからなくなった。

ブロンドの髪は、一筋の乱れも許さないというように、ポニーテールで根元から縛られている。白いパンツは職場から直接来たはずなのに、汚れも皺《しわ》もない。そしてあの骨張った顔……見慣れた顔だ。身近に感じる。自分の一部であるかのように。

店に入ると、キャシーが席に案内されるところだった。ウッドも彼女に続いて奥まった場所にあるボックス席に入った。トイレからもサービスステーションからも遠い。ただ、静かだ。

「ああ、いい席だな」ウッドは彼女の向かいに進んだ。「家で食べる雰囲気に近いよ」彼女は見るからに疲れているふうだ。

同時に、まばゆいほどに美しかった。

「私がここにしてほしいと言ったの」得意げな笑みを浮かべ、ビーチに敷いた毛布の上での食事、という親密な提案をウッドに思い出させた。

どこでも二人きりにはなれるのだ。互いの家に行くまでもなかった。

ホテルの部屋でも、それ以外のどの場所でも。

抱えている案件について、キャシーは話せる範囲でウッドに話して聞かせた。今日は〈SAFE!〉の役員たちと会い、事務局長を辞めさせる必要はないと、ずっと説得していたのだ。

話題はウッドが作っている家具にも及んだ。彼は毎晩写真を送って、進捗状況を知らせてくれる。

「何?」彼が問いかけてきた。レモン入りの冷たい純水を前にしたキャシーは、それまで彼がベビーベッドや揺りかごにこんな彫刻をしたいとか、引き出しにも同じデザインを彫ろうとか、そんなふうに話しつづけるのをじっと聞いていた。

「うん、ただ自分の運のよさが信じられないの。あれだけのファイルの中から、よくあなたを選んだなって。真面目な話、この子は私が想像していたよりもずっと多くの愛情に包まれるわ」

「僕も運がよかったよ」真顔で静かに言われて、キャシーは驚いた。

「どうして? 私のせいで人生設計が狂ったでしょう? ふつうの家族を作る予定ももう……」

「自分で選んだ結果だ」

「そうだけど」迷った結果、キャシーはずっと心に引っかかっていたことを口にした。「でも、あなたの性格が……。あなたにとっては選択肢はなかったも同じよ。自分の行動から生まれた子供なら、あなたは道義的に背を向けられない。血がつながっていればなおさらよ。ときどき思うの。あなたにそんな選択をさせた私がいけなかったって。引くに引けない状況にあなたを追い込んでしまった」

「それは違う。自分の息子とつながりが持てるんだ。

悪いことなわけないだろう。君が僕にくれたのは、おそらく人生で最高の贈りものだよ、キャシー。どんなに大変でも、僕は今がいちばん幸せだ。毎朝、今日も一日頑張るぞって思える。うまくいかないときでも、前ほど落ち込まなくなった……」

キャシーは微笑んだ。目頭が熱くなった。「私もよ」それはアランのせいだけではなかった。もちろんアランが大きな理由ではあるのだけれど。

料理はキャシーがチキンサラダを、ウッドがスパゲティを頼んでいたが、まだ運ばれてこない。今はそれほど食欲もなかった。

「それに」しばらく間を置いてから、ウッドが続けた。「父が死んだ日を境に、僕の人生はふつうじゃなくなった。結婚生活も同じだった」

エレーナとの結婚生活について、こんなにも彼が……不満そうに話すのは始めてだ。礼儀正しく聞き流すには、キャシーは疲れすぎていた。

「なぜ結婚したの？」嫉妬心から、知りたいという気持ちが抑えられなかった。別れたあとも、同じ屋根の下で暮らしているのはなぜなのだろう。

私はウッドを愛しているの？　まさか。

キスだってしていないのに。

だけど、前にハグしたときは彼も応えてくれた。このまま放さないでほしいと思った。彼がくれる直接的な癒やしを求めたというより、彼がウッドだからそう思った。彼といるときには、ほかの男性のそばでは生じなかった思いに包まれている。

彼こそが、ずっと待っていた男性だと思える。

彼はストローの袋をいじっていた。次にはほとんど空になったお茶のグラスに、ストローを出したり入れたりした。私が動揺させたのだ。

見えない境界を踏み越えたから。

「エレーナは弟のピーターと最初に結婚した」

驚いて水のグラスを倒してしまった。

冷たい水が二人のあいだに広がったが、そんなものは、今キャシーの心臓を貫いた槍《やり》の衝撃に比べればなんでもなかった。

彼は弟の奥さんだった人と結婚した。子供のころに聞いた聖書の話や、学生時代に読んだ時代もののロマンス小説には、そんな男性も出てきた。だけど、現実にいたなんて。それもウッドだ。

びっくりすると同時に、キャシーは彼がずっと伝えようとしていたことを理解した。優しくしてくれたのも、そばでいろいろ助けてくれたのも、理解されている、大切にされていると思わせてくれたことも……キャシーだから特別にそうしたのではなかった。それがウッドという男性なのだ。

彼は弟の奥さんだった人と結婚して、夫婦でなくなってからも住まいを提供した。彼女を支えた。なぜなら、ウッドはそういう人だから。

仮に思いを抑えられなくて彼と深い関係になったとしよう。惹《ひ》かれているといっても、この気持ちにはホルモンの影響や、彼が生物学的な父親だという意味での深い思い入れがないとは言えない。深い関係になって、そのあとで彼への思いがそういう感情でしかなかったと、つまり恋ではなかったとわかったときでも、彼のほうは去らないだろう。

彼はとどまる。アランのために。私のために。

そうなれば、ある意味父と同じだ――独りぼっちの、悲しい、中途半端な、たまに会うだけの父親。

彼はどんなに傷つこうとここに残る。私の友人、アランの立派な父親でありつづける。

それがウッドなのだ。

後悔を抱えて生きたくなければ、彼を縛りつけるような女性になりたくなければ、今心の中でふくらみつつある感情に決して屈してはならない。

彼が自分に見せるどんな感情も、愛だと誤解してはならない。

16

食事の席にこれほど長くいつづけるとは、ウッドは思っていなかった。料理が運ばれ、彼女も自分も少し食べ、皿が下げられ、ウッドが支払いをすませたあとも、席に座ったまま互いの子供時代の思い出を語り合った。その流れで、子育てには親の抑えつけではなく、可能な限りの目配りが必要だという話や、〝ヘリコプター親〟や〝芝刈り機親〟——過剰に子供の行動を上から見張って、子供に代わって障害という芝を刈りとっていく親の話をした。

兄弟についても話した。キャシーには兄弟がいなかったが、ウッドの人生には弟の存在が大きく影響していたからだ。

自然とアランのことを考えた。兄弟がいる喜びについても。兄となる喜びについても。

「これからも結婚しないのなら、子供はもう？」時間が遅いのが気になりながらも、ウッドはたずねた。今夜は作業小屋での仕事はなしだ。

彼女は眉間に皺《しわ》を寄せた。「どうかな。一人っ子で三人の親がいた子供時代には、大きくなったら絶対二人は子供がほしいと思ってた。兄弟がいないのは大変だから。だけど最近は……」肩をすくめる。「一人っ子もいいかなって。一人でも楽しいことのほうが多かったし、いい思い出もたくさんある。そして今は……アランが無事に生まれてくるのを祈るだけよ。この子を幸せにしてあげたいの」

ウッドは頷《うなず》いた。彼女が昔からの夢を持ちつづけられないのかと思うと悲しかったが、人生は思いどおりにはいかないものだ。

「あなたが協力してくれるとわかってからは、幸せにできる自信が何倍にもふくらんだわ。子供が実の父親に会えるというだけじゃない。その父親はあなたなんだもの……」

彼女の手を握りたかった。テーブルに身を乗り出してキスをしたかった。もちろん、実際には何もできない。ただ、もう一人子供を産むと彼女が決意したときには、また自分が精子を提供したい。

「そろそろ出ましょうか」キャシーが鞄《かばん》をテーブルに置いて鍵束を出した。「今夜はまだ仕事なの」

時刻は十一時に近かった。ウッドは立ってポケットから鍵を出し、彼女のあとから店を出た。彼女の車まで歩いたが、このまま別れるのは惜しい。

「君は僕に最高の贈りものをくれたよ」車のドアの横で、彼女の目を見つめた。「もし僕が、今まで知り合った女性の中から自分の子供の母親を選ぶとしたら、それはやっぱり君だ」

彼女は震える笑みを浮かべた。水曜日のエコー検査のあとと同じように両腕を広げる。ウッドは近づいて、彼女を両腕で包んだ。記憶にとどめたくて深く息を吸い、こめかみに軽くキスをした。

そして体を離した。

トラックに乗るなり携帯電話が着信を告げた。ダッシュボードの画面に発信者が表示される前に、ウッドは笑いながら応答した。きっとキャシーだ。さっきのハグを謝るつもりなのだろう。

「もしもし」柔らかな自分の声は、キャシーというときや、キャシーのことを考えているときに必ずあふれ出す感情に満ちていた。

深く分析したくはない感情だ。

「ウッド？」エレーナだった。声があせっている。

「ああ。どうした？ どこからかけてる？」

「家よ。帰ったらあなたはいなくて、メモもないし……。それで心配になって。大丈夫なの？」

そういうことか。「なんでもないよ。つい遅くなった。今から帰るところだ」

沈黙を返されて、ウッドは自分がいやな男になった気がした。メモはお互いいつも残している。もう神経質に連絡をとり合う必要はないし、エレーナのためにもならないと思うが、予定の変更は伝えるべきだった。彼女を不安にさせてしまう。

いつもなら、惰性でやっていることだ。なのに今回は完全に忘れていた。

「無事ならいいの」優しい口調でエレーナが言う。「ああ、私のために帰ろうなんて義務感は持たないでね。電話をかけてごめんなさい。いつもいる人がいないからつい……変な想像を……」

事故にあった想像、か。事故は起こるものだ。突然に。エレーナは両親を事故で失った。のちにはピーターも。ウッドも喪失感を味わった。

家族を持ち、家族のいろんな面を愛する。それは簡単なことではない。彼らの問題を受け止めて課題に対処していると、ときにもどかしく、ときに大きな壁にもぶつかるが、結局のところ、ウッドにとってそれは何にも代えがたい大切なことだった。

それでも変化は必要だ。彼女と話そう。

「電話を受けたときはもう帰るところだったよ。五分もすれば戻る。寝る前に少し飲むかい？」

以前はよくそうしていた。ここ二年ほど、つまり離婚してからは、なくなっていた習慣だ。

「ああ、いいの。私のために帰ってこないで。私は……。もう、電話のことは忘れて……」

「エレーナ！」すぐにも切られそうな気配に、あわてて呼びかけた。「嘘《うそ》じゃない、もうすぐ家の前の通りだ。戻ってる最中だ。それに、飲みたい気分なんだ。つき合ってくれるとうれしい」

「私も飲みたい。長い夜だったの」疲れた吐息が聞こえた。「患者が手術の途中で亡くなって……」

その言葉で、予定していた必要な話し合いは延期するしかないとわかった。

彼女が法的に問題のない範囲で今夜のできごとを話しはじめると、ウッドは真剣に耳を傾けた。情けないことに、頭の中では、今とは違う人生を想像していた。キャシーが子供を産む決断をする前に彼女と出会っていたら、ふつうにつき合って結婚していたら、今の妊娠が二人で話し合った末の妊娠だったら、どんなによかっただろうと。

「キャシー？　産休なんだが、十二週丸々とるのかい？」木曜日、事務所の最古参であるトロイが、キャシーのデスクで足を止めた。

キャシーは資料を見ていたパソコンから目を外し、なぜそんな質問をするのだろうと考えた。トロイは立派な人だ。弁護士の先輩として尊敬している。だが、四十年近く前に自身が作った弁護士事務所の日常の雑務に、彼がその頭脳を使うことはない。

「まだわかりません」キャシーは答えた。アランが健康なら、産休は四週間から六週間にとどめるつもりだ。常に事務所の案件に関わっていなければ、同僚弁護士たちの中で立場が弱くなる。それは差別ではない。単なる事実だ。だがそれ以上に……仕事は安定した収入のために必要だった。一人で子育てするのだから、家でじっとしている生活は望めない。

アランに問題があった場合は……。

「君の専門知識が必要なケースがあるんだ。ただ、デリケートな案件で、顧客も神経質だ。途中で担当弁護士が変わるのは避けたい。十二月と一月はそれほど仕事がないが、来春にはぐんと忙しくなる。二月までに戻れそうなら、そのあいだは私があいだに入って、君に随時経過を知らせるんだが」

「戻ります」キャシーは言った。自分のオフィスで一人になってからも、にやにや笑いが止まらなかった。何しろ、自分の仕事をプロの目で評価されたのだ。トロイからは簡単な概要を聞かされた。起こりうるその合併で重要になるのは、何より二人の当事者だった。過去に憎み合って別れたが、協力することによって会社に利益をもたらし、市場で生き残るために必要な力を得ることができる関係だ。考えただけで、俄然《がぜん》やる気がわいてくる内容だった。

アランは元気で生まれてくる。そうなるからこの話が来たのだと、キャシーは自分に言い聞かせた。仕事を受けた以上は、出産後からすぐに働くことになる。予定日前と産休明けは可能な限り在宅勤務でいいと同僚たちも言ってくれた。来週は住み込みの子守りの面接だ。すべてうまくいく。もううまくいっている。

しかし、仕事で認められた話は夜のメッセージには書きにくい。与えられた新たな機会、受けると決めた選択、そこに沿って立てる計画。どれもシングルマザーとして自分が向き合う問題だ。

とりあえず、慈善団体の件でいい結果が得られたことはその夜に話した。事務局長の女性は、結局仕事を失わずにすんだのだ。

今までアランのせいで夜中に三回目が覚めた。どうやらサッカーをしているらしい。昼には中途半端な時間に猛烈にお腹《なか》が空《す》くようになった。そういう話もウッドにはすでに伝えている。

家具作りの写真添付は相変わらず毎晩続いていた。彼は昼間にあったことを一つ二つ話してもくれる。たいていは、誰かがこんなことを言っていたという話だったが。

月曜の夕食の席で顔を合わせたときは、お互い硬くなっていた。意味ありげな表情や個人的な話題を故意に避けていたせいだ。キャシーが今週の水曜に予定されている次の羊水検査について話すと、いつものように自分が送ると彼は言った。

この日は落ち合ったのが日没の二時間前だったから、別れるのも早かった。またお互いにハグをした。よく知らない他人同士がするように。

だが、ハグはハグだ。

いびつな関係ではある。一生この関係を続けるとお互いに納得した。

実際、それでうまくいくよう努力している。

それでも、心の内を見せ合っていたころや、友人でいようと二人で決めたころほど、今のキャシーは幸せを感じてはいなかった。

二週間が過ぎた。羊水検査の結果は良好だった。検査のあいだウッドは待合室に残り、終わったらすぐに職場まで車で送った。

週に一度、キャシーとは夕食を一緒にとっている。月曜と決めてはいるが、一度は彼女の都合で火曜になった。毎晩のメッセージ交換は、彼女が何度か言っていたように、互いが元気だと知るためだ。家具作りは続いていた。エレーナは外出が増えた。デートだとうれしい。ウッド自身は一生一人でもいいが、彼女にそんな人生は送ってほしくない。

変化のない毎日だった。ウッドにとって本来それはいいことだったが、今は対応すべき大きな事件がないというだけでは満足できなかった。一週間か二週間、キャシーと計画を立てていた最初のころは、可能性や初めて知る幸せに満ちていた。だが、今の自分は活気を失っている。ウッドの性格をよく知るエレーナは、不満を抱えた現実を直視するように言ってきた。七月最終週の夜のことだ。

「私に怒ってる？」

水曜の夜、ウッドとエレーナは繁華街で夕食をとっていた。彼女の提案だった。新しいシェフのことを職場で聞いたと、彼女はずっと興奮していた。

「怒ってやしないさ。平日に二人でめかし込んで出かけることに慣れてないだけだ」言う前から説得力に欠けるのはわかっていた。

「今夜だけじゃないわ」彼女はワインに口をつけた。「最近のあなた……どこか変よ。顔をしかめてばかりで、座っていても肩に力が入ってる。今だってほら……裁判の被告か何かみたいに背筋が伸びてるし。先週、ソファに座ってたときもそうだった」

ウッドはそうすることですべてがおさまるかのように、肩の力を抜こうとした。「腹を立ててるんじゃないよ。子供部屋の家具のことは心配だけどね。五カ月しかないのにいろいろ引き受けた……」一息ついて続けようとしたが、何を言いたいのか、どこに着地したいのかもよくわからない。

「彼女に恋しているのね」エレーナは言った。

どうなのだろう、自分でも判然としない。

だが、エレーナを、思いやりにあふれたその表情を見ていると、心のどこかがふっとゆるんだ。「教えてくれないか、エレーナ……」

「なんでもきいて」

「君が僕との結婚を承諾したとき……感情が乱れに乱れて……二人ともいろんなことで混乱していたころだけど……君は僕に何かを感じた。そうだよね？夫婦としてうまくやっていけると君は思った。幸せに暮らせると、数カ月のあいだは思っていた」

彼女の目を見つめた。正直に答えてほしい。どんな答えでも構わない。

彼女は目をそらさなかった。が、言葉も発しない。ウッドは思った。今聞かされたような思いはかけらも持っていなかった、というのが本音なのかもしれない。でも、口にはできずにいる。ウッドを傷つけるのを恐れている。

この一瞬、ウッドは彼女の返事に期待をかけた。

彼女が頷く。「ええ、そう願っていたわ」

しかし、現実は違ったわけだ。

次の質問は頭の中だけで投げかけた。君はキャシーの場合も同じようになると思っているのか？　キャシーから伝わってくる思いはすべて、僕とは関係のない強い感情の乱れから生じたものだと思うのか？　生活が百八十度変わった、ホルモンが乱れている、お腹の子供の健康が心配、そういう別の理由から生まれた感情であって、君自身の思いがピーターを失ったショックと悲しみ、そして事故後の大変なリハビリに影響されていたのと同じだと、君はそう言いたいのか？

「約束してくれない？」彼女は言った。「子供のために、彼女を愛そうとはしないこと」

ウッドは頷いた。

「彼女が今大変な状況にあることを忘れないこと」

それらはほぼ、ウッドが頭の中で発した質問への答えになっていた。もう一度頷いたウッドは、会計をするために合図をした。

17

その七月最後の水曜の夜、キャシーはベッドに入り、背中にかかりはじめたお腹《なか》の重さを軽くするために二つ目の枕を腰に当ててくつろごうとしていた。メッセージが届いたのはそのときだった。夜の早い時間にもウッドからのメッセージは届いていた。調子はどうかとたずねるただの確認のメッセージだった。だから、いつものようにすぐには返事をせず、ベッドタイムの楽しみに残していた。

今夜も家具の写真が添付されているものと思っていたから、開いてみて、キャシーはおやと眉根を寄せた。写真はなかった。彼が送ってきたのは、一つの質問だけだった。

〈気がかりなことがあるのかい？〉

いったい何？

〈ないけど。どうして？〉

唇に指を当てた。爪は噛《か》まなかった。見栄えがよくないし、そういう癖はとうにやめている。代わりに皮膚を噛んだ。返事を待った。テレビをつけ、動画配信サービスで、昔のほっこりするコメディドラマを選んだ。音量は下げておく。

お腹をなでながら、なんとかしてアランを起こせないかと考えた。元気でいると確認したい。ここ二日はちょっとおとなしい。動いてはいるが、ときどき感じていた大きな動きがなくなっている。

〈君を遠くに感じるんだ。たぶん僕もよそよそしくなってる。それがいやなんだ〉

ああ。ベッドの上で体を下にずらし、上掛けを胸まで引き上げて、携帯電話の画面を見た。

どこから始めればいいのかわからない。どこまで話せばいいのかも。

ただ、問題は確かにある。

この場合、テキストメッセージで話すというのは最適な方法なのかもしれない。

〈私はすごく慎重になってるの〉

うん、いい。これで伝わる。慎重になる理由は山ほどある。詳しい分析は必要ない。

〈どんなふうに？　何に対して？　なぜ？〉

キャシーは少し背を起こした。手櫛《てぐし》で髪をすくと、ブロンドの髪が何本か手に残った。妊娠して髪が抜けるのはよくあることらしい。ストレスでも抜けるとか。いずれにしても、半年ごとに傷んだ毛先をカットしてくれている女性は、その点についてまったく心配はしていないようだった。

着信音が鳴った。

〈起きてる？〉

さっきのメッセージなら読んでいた。画面を見ているときに表示されたのだから。

〈ええ。どう答えようか考えてた〉

　彼とのつき合い方はむずかしい。むずかしいけれど、努力をしてでもこの関係は続ける価値がある。

〈あなたと裸になりたくてしかたないの。そのことばかり考えてる。でも、あなたは私の人生に必要な人〉最後の文章を消した。〈でも、あなたにはそばにいてほしい。アランにはあなたが必要なの。だから、へまをしないように慎重になってる〉

　読みなおして、送信した。

　何も起こらなかった。携帯電話はなんの音も発しない。彼にならって、起きているのかとたずねたかったが、やめておいた。ウッドなら考えて返事をくれる。私は彼のやり方に合わせればいい。

〈ごめん、下品な話になるよ。今、大事な部分が硬くなって、むずむずしていて困ってる。最近はこんな日ばかりだ。これは僕が払う代償だ。このくらい喜んで払える。一生だって払うさ。息子を知るためだ。一生、君を近くに感じるためだ〉

　ホルモンの影響で不安定になった心が、純情なふりをしよう、彼に意味をたずねてみようと言ってくる。我ながらおかしな反応で、その自分ではない自分は、今のメッセージがキャシーのことだという確証を、つまり、自分が彼をむずむずさせているのだという確証をほしがっていた。

　だが、意味のない感情には屈しない。それでなくとも現実世界に問題は山積みなのだ。

〈弁護士としては、ごめんなさいと言いたい気持ちよ。女性としては、頬がゆるんでしかたがないわ〉

　テレビを消して、メッセージを読んだ。

〈そうなのか？　違和感の正体はそんなことだった？　それが君が変わった理由だった？〉

　気づかれていたとは知らなかった。うれしくて涙が出そうだ。彼は気づいて、そして心配してくれていた。でも、キャシーにとりついたみだらな願望については、些細《ささい》なことだと言いたげだ。

〈ええ〉

一夜限りの情事など、キャシーは一度も経験がない。経験しようとも思わない。

危険を無視して彼を誘うつもりもない。

返事はなかなか来なかった。

〈六回返事を書いて全部消したよ。僕は今、すごくほっとしている。でも、僕たちのあいだに深刻な問題があることもわかった。今のところ、いい解決法は思いつかない〉

キャシーは微笑《ほほえ》んだ。爪先に力を入れて、頭が枕の位置にくるまで体の位置を下にずらした。片手は携帯電話を握り、もう片方の手はお腹の上だ。

〈それでも、私は気持ちが楽になったわ〉送信。

〈僕もだ〉

メッセージの最後には、ハートの絵文字がついていた。

涙が出てきた。うれし涙だ。彼が私にハートを送ってくれた。

月曜の夜、ウッドはキャシーの法律事務所の駐車場に車を乗り入れた。レストランでなく事務所で会おうと言ったのは彼女だった。理由は聞いていない。たぶん仕事が残っているのだろう。デリバリーを頼んだのか、でなければ自販機で何か買うのかもしれない。どちらでもいいとウッドは思った。

重要な話をしたあの夜のあとも、毎晩メッセージは交換した。解決策のない例の問題については、お互い言及しなかった。だがもう彼女によそよそしさは感じない。世界が正常に戻った感じだった。少なくとも、今のところは。もっと彼女に近づきたい。まだまだ満足できない。肉体的にも、それ以外でも。体のほうは特に比重が大きい。しかし、あせってことを起こせば、自分たちの一生が台なしになる。息子と過ごす時間まで失うかもしれない。

受付の人間は帰っているだろうが、ブザーを押せば誰かが入れてくれる、とキャシーは言っていた。話を聞いたときには、それでいいと思った。ウッドは従順だった。彼女に会いたい。

重いガラスドアを通って中に入った。仕事のあとでシャワーは浴びていたが、大理石を多用した豪華な内装に、短パンとサンダルは完全に場違いだった。こちらが自販機を想像していたのに、彼女の頭にあったのは高級料理だったのだ。

いったん帰ろう。メッセージで遅れそうだと謝るか、会うのは明日にできないか頼んでみよう。そう思ってウッドが去りかけたとき、左手にある小さなドアからキャシーがロビーに出てきた。

黒いワンピースに同色のジャケット。黒いハイヒールには白い水玉模様のリボンがついている。豪華な建物にぴったりの服装だ。長い髪は下ろされて肩に流れている。ウッドは息ができなかった。

「ずっと見ていたのよ」会えてうれしいという顔でキャシーが微笑む。ウッドの服装を問題視する様子はどこにもない。彼女はウッドが気づかなかった防犯カメラを指し示した。「行きましょう」合流できて喜んでいる。自分も可能な限り一緒にいたい。結局ウッドは彼女の言葉に従った。

今日ほど自分の行動が不安に思えるときはなかった。準備は万全だ。残業している二人の同僚は、どちらも夜に顧客との約束があって、事務所を出るのはウッドが帰る時刻よりずっとあとになる。今夜彼が来ることは彼らも知っている。キャシーが事務所のキッチンを利用して、ちょっとした温かい料理を提供しようとしていることもだ。

彼らはウッドが顧客だと思っている。そこは否定せず、勝手にそう思わせてある。

説明できない緊張と興奮に包まれながら、キャシーは彼を自分のオフィスへと案内した。自宅ではないが、ほぼ住まいだ。自分のパーソナルスペースに彼を招く。それはとてもいい気分だった。

そして怖くもあった。抱かれたいという思いは強烈で、火をつけるのは容易だ。だから怖い。彼の手に触れるだけでも、それまで抑えつけていたものがいっきに噴き出して、二人一緒に火傷《やけど》を負うかもしれない。セックスでは何も解決しない。むしろ、不安定で貴重な関係が複雑になるだけだ。

「さあ、ここよ」キャシーはドアをあけた。事務所のすべてのオフィスには週に一度清掃が入る。それでも、今日の午後にはいちおう掃除をした。家具の裏や本の埃《ほこり》をとり、きれいな海が見渡せる窓の汚れをふいて、デスクの小物類をまっすぐに置きなおした。一つは父と撮った写真だった。父の家で一緒にクリスマスツリーを飾り、その前で撮った。十四歳のときだ。ほかにイタリアで買った鮮やかな花瓶や、顧客にもらった木彫りの天使の像もある。

お腹のふくらみは隠せないと諦めた上で、服は脚がきれいに見えるものを選んだ。お腹の子供の分、体は重くなっているが、気にせず、朝からずっとお気に入りのハイヒールで歩いていた。

「誘惑なんてしないわよ」彼が部屋に入るや、キャシーは言った。反応を見るのが怖かった。私の世界になじんでほしい。肩の力を抜いてほしい。興奮した妊婦を抱いてほしいわけじゃない。

セックスは思考をくもらせる。お互いこれ以上判断力を失うわけにはいかない。キャシーの父は母の世界にまったくなじめなかったが、母とは仲がよかった。キャシーは両親に愛されて育った。まわりから評価もされた。幸せだ。それでもさみしい。

「ドアに鍵はかけないわ。残業中の同僚たちには、助けがいるときはいつでも言ってと伝えてある。だから、いつ誰が入ってくるかもわからない」せまられていると思われないよう急いで言った。

彼はドアのところで部屋を見まわしている。

「見てほしい書類があるの。法的な文書よ」

「食事をするんだよね？」彼は窓際のテーブルに顎をしゃくった。テーブルにはレモンのスライスがのった氷水のグラスが置いてある。

「昨日またロールキャベツを作ったの。考えごとをするときによく作るのよ。あ、ロールキャベツだけじゃなくて料理全般ね……」

「さっき言った書類というのは？」

先に言っておくべきだった。思いついたのがつい昨日なのだ。彼との関係をすっきりさせたくて料理をしながら考えていた。彼を私の空間に、人生に、とにかく合法的に引き込む必要がある。

今のまま、何か破廉恥なことをしているような意識を持ちつづけているのはつらい。

自分たちは医療を通して出会い、性的な不満を抱えたまま、ゆがんだ友人関係を続けているのだ。居心地の悪そうな彼の様子が目に入った。

「ごめんなさい」

「どうした？」

「帰ってもいいのよ。私は平気」

彼はかぶりを振って近づいてきた。まだ三十センチほど距離はとっているが、今までよりは近い。シャワーを浴びたのがにおいでわかるほどだ。瞳の中の光も見える。「帰らないよ。ただ……うれしいんだ。すごいな。想像もしていなかった。それに……気もきいてる。いろいろ考えてくれたんだね」

「ビーフとライスのロールキャベツ、嫌いじゃないといいけど」

「好きだよ」

彼は両手を短パンのポケットに入れて布地を引っ

張っていた。それがなければ、そこのふくらみには気づかなかっただろう。

「じっくり話をしたほうがいいと思ったの。真剣に話すには邪魔がないほうがいい。私たちを観察して、用はないか近づいてくる給仕係とか」

彼は頷《うなず》いた。じっと見つめてくる。体がどんどん熱くなった。この人が本気で女性をその気にさせようとしたら、いったいどうなるのか。

魔法がとけた、と思ったのは、彼がデスクのほうに顔を向けたときだった。「君の言う書類のことが、よくわからないんだが」

「同意もサインもしなくていいの」罠《わな》だと誤解されそうで、あわてて言った。これは彼への贈りものだ。

「いやなら何もしないで。私はただ……」

彼は頷き、デスクに足を進めて、キャシーが今日埃を払った椅子に座った。彼のヒップがのった革の座面に、キャシーは一瞬ジェラシーを覚えた。


うまくいかない。こんなはずではなかった。冷静さはどこに行ったの？　主導権を握って関係者全員を落ち着かせる才能はどこに消えたの？　自分のオフィスでこんなことは初めてだ。

書類の話は最後にする予定だった。できれば、自分たちの問題に関する新たな決意を示したあとでだ。条件を知る前に契約書にサインはしない。わかっているのに、ついぽろりと言ってしまった。

彼のそばにいると、どうしても体がほてってどぎまぎしてしまう。

デスクのむこうにまわれば落ち着く。落ち着くはずよ。キャシーはそこまで行って彼を見た。顧客、パラリーガル、同僚たち。長い年月のあいだに多くの人間がそこに座った。突然、キャシーを挑発する彼の映像が頭に浮かんだ。自分が抑えられなくなった想像の中のキャシーは、デスクの小物を片手でざっとなぎ払うと、天板にのって彼を誘った。

ああ、やはり書類の話をしたほうがいい。本当にどうかしている。最上段の引き出しをあけ、今日の午後に準備したフォルダをとり出した。

デスクで広げる。

「アランが生まれたあとのことを考えて、条件を書き出してみたの。これは私の考え方よ。ここから一緒に詰めていこうと思ってる。あなたが読んで、この形でよければ、あなたが変更したいところを二人で話し合いましょう。最終的に私が書類にまとめてお互いがサインできるようにする」

まとめ役のはずが、これではまるで検事だ。

これはよくない。

廊下の奥のキッチンで保温中のロールキャベツと、冷蔵庫に入れたサラダのことを考えた。この調子で問題なく食事会まで行けるだろうか。キャシーはすっとフォルダを押しやり、腰を下ろして待った。

ウッドは動かない。「サインするよ」

「でも……」

「それがなんであれ……君が望むなら、君が大事だと思うなら、そうしたいと思うのなら、僕は賛成する。法的にはアランは君だけの子だ。僕がどうこうしようと思ったことは一度もない。君にとって必要なことなら、僕はサインする」

「ウッド、私はあなたの弁護士じゃないけど、弁護士資格のある友人として忠告するわ。そういうのはだめよ。まず、これは大事な基本だけど、内容を読まずにサインするようなことは決して、絶対に、あってはならないの。それに、この書類の中で、私が養育費を求めていないとも限らないでしょう」

どんどん気持ちが高ぶってくる。腹立たしい彼の唇にキスをして、調子を乱してくる発言のすべてを封じてしまいたい。

ウッドが身を乗り出した。「わからないかな。僕は、君が望むことすべてに同意すると言っているんだ。うまくいくように努力する。父親になるというのは、僕にとってそれほど重要なことなんだ」

キャシーは泣きそうになった。この椅子で、この部屋で、こんなふうになるのも初めてだ。

「だけど、読むことがそれほど大事だと君が言うなら、一字一句全部目を通すよ」

キャシーは頷いた。「そう、大事よ」

「一つだけ頼みがある」

「なんでも言って」

「先に食事にしてもらってもいいかい？　ランチのサンドイッチを半分足場から落としてしまって、もう腹ぺこなんだ」

ほかの話は食事をしながらでもできる。

本当の意味での父親になる気が彼にないとしても、二人の時間はもう少し楽しめる。

向かいにはセクシーな彼の体。しかもここは、二人きりのオフィスだ。

18

「このテーブル、まるで高級レストランで案内される席みたいだな」キャシーの向かいに座り、ナプキンを片膝に置きながらウッドは言った。

料理は自分も一緒に運ぶつもりでいたが、一人で大丈夫だと言われて、ウッドは引き下がった。彼女は同僚に客の姿を見られたくないようだ。何しろ短パンだ。顧客のようなスーツは着ていない。そんな人物と、まるで自宅でするように一緒に料理を運ぶところなど、見られたくなくて当然だろう。

戻ってきた彼女は、すべての料理をきちんとワゴンにのせて運んでいた。助けがいらないという点は嘘《うそ》ではなかったようだ。

「このオフィスを選んだのは、景色も理由の一つだったの」言いながら、彼女が料理の蓋をとる。

ウッドは夕日が海に沈んでいくすばらしい景観から、湯気の立つ料理に目を移した。それだけで、ぞくぞくする興奮を覚えた。これから自分は、彼女の手料理をごちそうになる。

「こういうもてなしは、よくするのかい？」たずねたのは、料理を無言で半分食べ終えてからだった。そのくらいおいしかったし、腹も減っていた。

ただ、頭に浮かんだあれやこれやの感想は口にはできなかった。彼女の立てた計画がいかにすばらしいか。こうして目の前で見ている彼女がいかに美しいか。できるなら毎日、毎食、こういう景色を見て過ごしたいという思いも。

言うのは反則だ。自分自身も裏切ることになる。

「初めてよ」ウッドの質問に彼女が答えた。「この部屋で誰かと食事をするのはこれが初めて。仕事の約束がないときはたいていここでランチを食べるわ。でも廊下の先に部屋があってね、顧客と食事をするときはみんなそこを使っているの。会議室なんだけど、なんでもそろってるから。ナプキンに銀食器、調味料、グラス、いろんな飲みものも」

僕が最初だったのか。うん、悪くない。

「でね……」彼女はそう言ったきり、フォークを持つ手を宙で止めた。どうしたのかと、ウッドは顔を上げた。彼女はただじっと座っている。

「何？」

「うまくいきそうな方法を考えたの。惹《ひ》かれ合う熱い衝動にどう向き合えばいいのか」

食べかけの料理が喉に詰まり、もう一度無理に飲み込んで、咳《せ》き込《こ》んだ。水を一口。「それは？」興味は惹かれたが、不安もふくらんだ。

「その一、まずはそのことを話題にして、見えない部分をなくすの。降る雨を考えてみて。雨は自然現象で役にも立つ。でも私たちは濡《ぬ》れたくない。どんな雨なのか兆候を見極めながら、いつかはやむものだと思って、いつもどおりの生活を続けてる」

それもいい、と最初は思った。だが……。「突然降る雨もあるぞ。いやでも濡れてしまう」

彼女は下唇を噛《か》んで、頷《うなず》いた。「そうね。だからその二があるの。早く別の相手を探す」

ウッドはかぶりを振った。「君は妊娠六カ月だ。相手がいないだろう。少なくとも、君が一緒にいたいと思うような男は、今の君と安易にセックスはしない」しないと思いたい。「僕だって、別の女性を想像しながら誰かとつき合う気にはなれない」

ウッドは確信していた。自分が誰かとセックスしようとしても、頭に浮かぶのはキャシーの顔だ。妊娠していようと、いまいと、関係ない。

「その三。一度経験してみる。経験して衝動を追い払うの。前戯はなし。変に触れ合ったり、刺激し合ったりしない。見つめ合うのもだめ……」

下半身が賛意を表明した。〝立派に〟表明した。

「誘惑はしないと言っていなかったか?」こうなると衝動を抑えているだけで精いっぱいだ。

「誘惑じゃないわ」

「だけど、その顔はデートしている女性の顔だ」

目が合っても、彼女はまばたき一つしなかった。

「妊娠して二十六週半。このずんぐり体形よ。この外見で熱い衝動がどうのと筋道立てて話すのは、けっこうきついんだから」

これはどう反論すればいいのか。

でも……。「君の考えはわからないが、僕は一度じゃ絶対に満足しない。君がどれほどよけいな刺激をとり去ろうとしてもだ」

とり去るなら彼女の服だ。できるなら今、この場所で脱がせたい。世界を美しく染める夕日の前で。

「だったら、その四。それぞれが自分の欲求に責任を持って、一人でこっそり対処する」

彼女の言葉に、ウッドは少し達してしまった。

「そのときは君のことを考えるよ」まっすぐに彼女を見つめる。

「私もあなたのことを考えるわ」

キャシーがあと片づけをしているあいだに、ウッドは書類に目を通した。不快な内容ならよかった。極端だ、やりすぎだと言えるものならよかった。

「どう思う？」

その一瞬でウッドの頭に浮かんだのは、父親としてのいろんな思いだった。予想外の内容にめまいがした。彼女は信じられない贈りものをウッドに差し出していたのだ。光栄だった。

責任を感じた。僕はそんな贈りものに見合うような、いい父親になれるのか？「僕の名前を出生証明書にのせる。僕に法律が定める面会権を与える。君に何かあった場合は、僕が子供の後見人となる」

読んだばかりの内容が、まだ信じられない。

「親権は与えないわ」彼女は言った。本人は厳しい口調で言っているつもりなのだろう。ソファに押し倒して、キスをして、激しく抱き合いたい。「経済的な援助は不要。お金はいっさいもらわない。大事な決断をするときはあなたの考えも聞く。その機会は作る。だけど、前にも言ったように最終的に決めるのは私よ。それから、この子を養うのも私一人。ふらっと来て、せがまれるままになんでも買い与えるような、そんなすてきなおじさんになられては困るの。誕生日やクリスマスのプレゼントも含めて、何か買うときは必ず私を通してほしい」

法律用語だらけの書類は隅から隅まで読んだ。それも二度。理解はしている。

「そして、そこにも書いたように、私はあなたを義務から免除する。養育費は要求しない。あなたの名前を出生証明書にのせる場合の、それは必須条件よ。名前があれば、法的な義務も発生するから」

ウッドは頷いた。言葉が……出てこない。彼女はウッドが自覚さえしていなかった夢を、現実のものにしようと努力している。

「私は……〝私たち〟に、この関係に、法的な定義づけがほしかったの。文書にしたかったの。私たちが軽率なことをしでかして、二人してそこに現実とは違う説明をつけようとする前に」

ウッドは頭が混乱した。公的な文書という形で提示された新しい世界には、くらくらするほど興奮している。こんなに筋の通った立場もない。

「よくわからないんだが」

「私たちは……私は、かな……だめなのよ……。あなたはこれまで、自分の感情に蓋をして家族が求める役目を果たそうとしてきた。私は……小さなころからずっと精神的に不安定だった。父の苦しみと孤独を知っていたからよ。父は子供ができて母と結婚した。母が結婚したのはきっと、父親を亡くして気弱になっていたこととも関係している。あなたは弟さんの死をきっかけに、エレーナと結婚して面倒を見た。人は強い感情に突き動かされて行動するの。そしてそれはうまくいかない。同じ罠《わな》にはまりたくなかった。誰かが私の父のように、死ぬまで一人で苦しむはめになるかもしれない。でなければ、離婚後も同じ家に住んでいるあなたとエレーナみたいになるかもしれない」彼女はかぶりを振った。「この気持ち……それがなんであれ、私は信用できないの。だって、知りようがないのよ。私たちが子供の存在や、その子の健康問題という強い感情にとらわれていないとは言いきれない。私の両親や、あなたとエレーナがそうだったように……」

ウッドの中で、それまで感じていた喜びが少ししぼんだ。少しだけだ。今の話には納得がいく。それはウッド自身が考えたことでもあったのだから。なのに彼女はウッドを自分の人生に、息子の人生に、永久に迎え入れると言ってくれている。

書類をもう一度、重要な部分だけ読んで、自分の理解が正しいことを確認した。

金銭的な部分は気に入らないが、まあいいだろう。アラン一人をウッドの金融資産の受取人に、キャシーを執行者に指定するなら、電話一本で解決だ。

「あなたの意見は？」

「ペンがほしい。それと公証人だ。君が言っていた残業中の弁護士は、資格を持っているんだろう？」

「どうしてそう思うの？」

「君を知っているからさ」にやりと笑った。「君なら、どんな場合でも準備をしている」

彼女は笑みを浮かべると、肘かけ椅子で背筋を伸ばした。スカートの奥が見えるぞと言いたかったが、脚を閉じてほしくはなかった。開いているほうがお腹《なか》は楽だろう。それに、いい景色だ。

視線を移すと、彼女がじっとウッドを見ていた。最初から気づいていたのか？　少し前には彼女もウッドの下半身に視線を注いでいた。といって、やめようと言うつもりはまったくない。

「私は真剣よ、ウッド。契約について話しましょう。どこか納得できないところはある？」

「もちろん、あるよ」

「それはどこ？　話し合いましょう」

ウッドはかぶりを振った。「話し合う必要はない。君とアランに金銭的な援助ができないのは不満だよ。それだけの余裕が僕にはあるし、援助はしたいからね。でも、君がいやがる理由もわかる。だからそれでいい。状況が違っていればよかったと思うだけだ。サインする準備はできてるよ、キャシー」

「本当にいいの？」小首を傾《かし》げて凝視してくる。

「ああ」

「じゃあ、四十八時間以内なら無条件で無効にできる条文をつけ加えるわ」

「君の思うようにしてくれ」

彼女は笑って頷いた。ウッドも頷き返す。

彼女は携帯電話をとり上げると、ボタンを一つ押した。

「マリリン？　もう入ってきていいわよ」言ってからウッドを見る。「私をサポートしてくれてるパラリーガルなの。御主人とのディナーのあと、帰る途中で寄ってと言ってあったから」

ウッドは満面の笑みを浮かべた。キャシーが準備を怠らない性格で本当によかった。あとはサイン一つだ。それで僕は父親になる。

それでキャシーとも息子とも、生涯にわたるつながりができるのだ。

その夜、キャシーは帰宅するなり母親に電話をした。着替えもせず、靴さえ脱がず、ソファでまず電話をかけた。スーザンは夜型だが、リチャードは違う。ゆっくり話ができると思ったのだ。母には実際、肉体的な衝動やその解決法は省いて、ディナーを楽しんだ話をした。法的拘束力のある契約を結んだことも話して、最後にこう言った。「結婚したみたいに興奮しているの。一緒に子育てをする契約にサインしてもらっただけなのに。これって、彼への感情が本物だという証拠だと思う？　妊娠とかホルモンとかを超えた感情だと思う？」

短い沈黙。キャシーは軽く息を詰めた。

「私には答えられない。わかるのは……」キャシーはずっと背筋を伸ばし、母の声に神経を集中させた。「何も間違ってはいないということ。なぜあなたがそうなっているのかはわからないわ。ただ、何ごとにも理由はある。そして、不可能に見えることにどう向き合うかで、その人の価値が決まるのよ」

「私は彼と深い関係にはなれないわ」

「そんな話はしてないでしょう」

「私がしているの。一人の男性の人生がかかってる。うまくいかなくても、ウッドならそばにとどまって、アランのいい父親でありつづけようとする。彼との友人関係は壊れるか、よくてもぎくしゃくしたものになる。お父さんとお母さんの二の舞よ。どうすればわかると思う？　この思いが彼への感謝だけではないって。ふつうの家族や、二人目の子供を望む気持ちから生まれたものではないって」

「がっかりさせてしまうけれど、本当にわからないのよ。お父さんならどう言うかしら。あの人は人生の問題を、誰よりも賢く扱える人だった」

「お父さんなら、今あるものに感謝しよう、って言うわ」アラン。一生続くウッドとの友人関係。大好きな仕事。助けてくれる家族や友人たち……。

「そうね、私もそれが正しい答えだと思う」

19

同じ夜、ウッドはエレーナの帰りを待っていた。キャシーと交わした契約について、話さずにはいられなかった。アランが公的に家族になったのだ。そして、ウッドには隠すことが何もない。

お祝いをしたいくらいにうれしい。

明日には職場の仲間にも話すつもりだ。

エレーナの車が戻ってきたのは夜中を過ぎてからだった。医療用スクラブにいやな汚れがいくつも見え、表情からして疲れきっていた。キッチンに続くドアのそばにウッドがいるのを見ると、彼女はにっと笑った。手を振って、専用のドアから自分の部屋に入っていき、それきりになった。

一大ニュースを伝えようとしていただけに、疲れた反応は受け止めづらかった。大変な一日を終えて休もうとしている彼女にはとても話せない。

　エレーナなら賛同してくれる。きかなくてもわかる。賛同がほしいわけではなかった。友人であり、妻でもあった女性にどうしても知らせたかった。彼女に――たった一人の家族に知らせて初めて、夢ではないんだと実感できる気がする。

　そんな気持ちでいたから、翌日の昼休みには袋に入れたサンドイッチをつかみ、それを食べながらトラックで病院に向かった。埃《ほこり》っぽいジーンズに汗で濡《ぬ》れたTシャツという格好で義妹の職場に行くより、帰りを待ったほうがよかったとは思うが、今夜帰ってくるという保証はない。自分に万一のことがあった場合は、すべての資産がエレーナではなくアランに行くよう信託書類の内容を変えたから、その事実は知っておいてもらわないと。

　エレーナが気にしないのはわかっていた。彼女がウッドのお金に興味を持ったことは一度もなかった。ただわかってほしいだけだ。父親としての権利が文書に記されたことを。ウッドにとってはそれほど重要な事実だった。電話では説明できない。

　エレーナはちょうど食堂にいるらしく、話をするには最適なタイミングだった。

　彼女はすぐに見つかった。フォルダを手に近づきながら、ランチは彼女と一緒に食べればよかったと後悔した。その直後だった。ウッドは部屋に響いた笑い声がエレーナのものだと気がついた。低い声のほうは彼女の同僚が発したものだ。

　驚いた。聞き慣れない笑い方だった。最後に彼女のあんな笑い声を聞いたのはいつだったろう。

　そうか、一人じゃないんだ。しかも、その同僚とは向き合う形でなく、並んで座っている。彼女より背の高い、白衣を着た男性だ。肩が触れ合っていて、二人ともウッドに背を向けている。男性に顔を振り向けたエレーナが、ぱっと身を引いた。

視界の端にウッドが入ったようだ。彼女は弾かれたように立ち上がった。不安そうに眉をひそめて、足早に近づいてくる。

「ウッド、どうしてここに？　何かあったの？」

「いや、何もないよ」男性のほうに目をやると、左の後頭部と耳だけが見えた。どういう人物なのだろう。ウッドは興味津々だったが、深入りはよそうと思った。エレーナを不安にさせてもいけない。

彼女はウッドの手をとって柱の陰に引っ張った。

「勝手な想像しないでね。彼はこの町に来たばかりなの。内科医で、二カ月前のある症例で顔を合わせたわ。たまにランチを一緒に食べてる」

手が震えている。エレーナにとってこの医師は、今話している以上に気になる存在なのだ。おそらく、自分でも認めたくないほどに。

そういえば、とウッドは思い出した。夏の初め、ランチは病院で買うとエレーナが言った日があった。この医師が理由だったのならうれしいが。

「彼はピーターのことを知っているのか？」

「ここで知らない人なんていないわ」

「うん。だけど、君から話した？」

そこが重要だ。ウッドの知る限り、エレーナはウッドにしかピーターの話をしない。

エレーナが頷《うなず》き、ウッドは微笑《ほほえ》んだ。

「好きなんだね」

「楽しい人なの。それだけよ」

その彼のほうは、ランチ仲間が急に席を立って、いったい何ごとかと思っているに違いない。医師は振り返らなかった。今のところは。

もう帰ろう。邪魔になるだけだ。

「わかった。これだけ見せたかったんだ」ウッドはフォルダを差し出した。「ゆうべキャシーと交わした契約だ。うちにももう一つある。君に……見てほしかった。知ってほしかった」笑みを浮かべながら、悲しく思う理由なんてどこにもないぞ、と自分に言い聞かせた。用ずみになったわけでもない。エレーナとはこれからもずっと家族だ。

食事を楽しんで、と最後に言って、文字どおりそう願いながら病院をあとにした。

生まれてくる息子のことを考えた。

人生はなるようになる。それも楽しい。

文書へのサインもすんだ今、キャシーにはウッドと話したいことがらがたくさんあった。火曜の夜、その一つ目をテキストメッセージで送信した。その前にウッドは、ニスの下塗りに備えて今夜やすりがけをしたという揺りかごの写真を送ってくれていた。キャシーはエアコンで八月の蒸し暑さを吹き飛ばしながら、ノースリーブの綿のナイトガウンだけを着て、クッションを並べたソファにもたれていた。大きなお腹《なか》は携帯電話を支えるテーブル代わりだ。

〈出産には立ち合いたい？〉

昼間に思いついたときは妥当な質問だと思った。こうして見ると、違うようにも思う。父親の立ち合いは認められていて、生命の神秘を感じる父親もいる。だが、結婚していないカップルはまた別だ。

問いかけ自体を忘れてもらおうと文字を打ちかけたそのとき、彼から返事が来た。

〈立ち合いたい〉

今、確かにお腹が動いた。先週あたりからアランは活発に動くようになっていたが、いくらなんでも父親からの返事に反応したわけではないだろう。

〈ペアレント・ポータル〉が主催している、妊娠後期の妊婦とつき添い人のための一日講座があるの。友達がサンディエゴから来てつき合ってくれる予定なんだけど、もしあなたが参加したければ、友達の

ほうには来なくて大丈夫だと言うわ〉

この誘いは〝子供の人生でよりどころとなる血縁〟を大きく超えた役割を彼に求めている。たぶん行きすぎた誘いだ。彼が断ってきたら、もうその境界は二度と越えないようにしよう。

息を詰めて返事を待った。

背を起こして携帯電話を下ろした。私はいったい何をしているの？　ファンタジーの世界にひたって、こんな両親のもとで子供を育てたいと夢見てきたその親に、ウッドと二人でなった気でいるの？

現実逃避もいいところだ。違うとしっかり認識しておかないとだめだ。

〈日時は？〉

つまり、イエス？　出産準備講座への出席は、都合がつくかどうかという単純な話じゃないのよ。

〈定期的に開催されているわ。いろんな曜日で八時半から三時半まで。私は土曜日に行く予定よ。妊娠後期の体の変化や、出産について学べるの〉

〈土曜がいいよ。何時に迎えに行こうか？〉

ちょっと、そんなに先走らないで。

今まで三度あった主要な検査は、すべて彼が車で送ってくれた。もちろん、今回からクリニックで落ち合おうなどとは思わないけれど。

〈送ってほしいかどうか、たずねてからにしてもらえると助かる〉そう送信したものの、怒りっぽくなっている自覚はあった。

〈了解〉

彼は何も悪くない。話すたびに惹《ひ》かれてしまう優しいドナーを選んだのはこの私だ。どんな計画を立てるときも一人、何を判断するときも一人。でも、当然ながら彼に責任はない。この生き方を選んだのは私なのだ。それでも願ってしまう。

ほんの少しだけでも……。

ううん、よそう。

今こそ自分が恵まれている点を数え上げて、感謝すべきことがらを思い出さないと。

キャシーはそこにもう一つつけ加えた。

私が感謝すべきこと、それはウッドと同じくらい心を揺さぶってくる人との、精神的負担のない出会いの可能性が、今もまだ残されていることだ。

ウッドが水曜の夕食を終えたちょうどそのとき、エレーナが自室のドアからキッチンに出てきた。

「今夜は友達と会うんじゃなかったのか？　知ってたら料理が余分にあると教えたのに……」

「もう食事はすんだわ。早い時間に会って軽く食べたの。ゆっくり飲む気分じゃなくてね。今夜はあなたと一緒に映画でも見ようかなって」

今夜の家具作りはお預けだ。

エレーナはむげにできない。気になる人の存在をウッドに知られ、また、知られたことで現実味が増して、彼女は動揺しているのだろう。

死に際の弟に言ったことを彼女にも、自分自身にも、毎年何度も言い聞かせてきた。僕はずっとエレーナのそばにいると。だからウッドは着替えを待つあいだに洗いものをすませ、料理の残りを彼女のために容器に詰めた。彼女はＴシャツとスエットの短パンに着替えて現れた。黒髪はほどいて肩に流していた。自分でグラスにお茶を注ぎ、ウッドにも渡してから、ポップコーンの袋をレンジに入れた。ウッドはそのあいだに映画の準備をした。見方によれば、ありふれた家庭の、ありふれた夜の光景だ。

だが実際の自分たちは片田舎の隠れ家にいて、人生が差し出すものすべてに背を向けている。

この場所は彼女を守るためにウッドが作った。

僕自身を守るためでもあるのか？

キャシーに対して積極的になる自分は……チャンスをくれと頼み込む自分は想像できなかった。

ウッドが動画配信サービスの画面を開くと、彼女が選んだのは自分たちの見たことがないスリラー映画だった。見はじめて十五分。ウッドは何かおかしいと気がついた。エレーナはポップコーンを食べていない。テーブルに置いたまま手もつけていない。お茶も同じだ。そして映画も見てはいない。

「今夜僕と過ごしたかった本当の理由は？」

「それは……変わってきてるからよ。お互いいつかは前に進むってわかってた。一人暮らしができるくらいのお金が稼げるようになったら、そうなればいいと思ってた。今がそうよ。だけど……」

出ていくと言うための前置きか？「だけど？」

「心配なのよ。その時が近づいているとあなたが感じて、そのせいであなたをせかすことになってやしないかって。もう傷ついてほしくないの。あなたに恋人ができたのなら、私もうれしかった。あなたという人間を好きになった女性と、あなたに何も求めない女性とつき合うのならよかった」

彼女といるといつも引き出される感情が――自分には何か足りない、価値がない、という思いが頭をもたげた。いつもはそうかもしれないと思うのに、今度ばかりは無性に腹が立った。

「エレーナ、僕は何もわからない幼稚園児じゃないよ。君よりも年上で、世の中のしくみもよくわかってる。確かに人の世話をしたがる傾向はあるけど、自分の世話だって立派にできる。三十六年間、ちゃんとそうして生きてきたんだ」

「生きてるだけが人生じゃないわ。あなたには、あなたのことが大好きな女性と、自分の幸せよりあなたの幸せを願う女性と一緒にいてほしい」

「言いたいことはわかる」ウッドは映画に視線を戻した。「言っておくが、キャシーと僕は一線を越えないと決めている。傷つく一歩手前のように思われるのは心外だ。さあ、ポップコーンを食べて」

その夜は、キャシーに家具の写真を送ることなくベッドに入った。送信したのは、おやすみの言葉だけだった。

暗闇で横たわると、寝返りばかりを繰り返した。彼女が恋しい。今まで知らなかった幸せを教えてくれた女性だ。だが同時に、どれだけ頑張っても自分じゃだめなんだという感覚がぬぐえない。

それに、現状ではデートやセックスやロマンチックな恋愛以前に、心乱されることがらが多すぎる。何かを始めるとしても、今ではない。

しかし重要なのは、キャシーがウッドへの思いは愛ではないと信じていることだ。今ある感情が恋愛に発展することを信じられずにいる。

そして、ウッド自身も愛されるとは思っていない。思えるはずがない。自分は今まで大切な人の世話をすることしか考えてこなかった。生き方がゆがんでしまっていて、軌道修正はむずかしい。

20

かつてのクリスマスと同じくらい、キャシーは今度の出産準備講座が楽しみだった。子供が生まれるという事実がいっそうリアルに感じられるし、役に立つ多くの情報は、それこそ小さなプレゼントのようだ。でも、楽しみなのはそれだけではなかった。その日は丸一日ウッドと過ごせる。

そんな日は今までなかった。

講座に参加するのは九月の最初の土曜と決めた。直近の検査によれば、妊娠からおよそ三十二週。すべて順調に進んでいる。そのエコー検査は予定にない、確認のためのものだった。検査が決まったときも、終わったときも、ウッドにはメッセージで知らせた。彼は仕事中だったのに返事をくれた。夜のメッセージ交換は今も続いている。週に一度は会って食事をしている。一緒にいるときの彼はいつもすてきだが、何かが変わった気もしていた。どことは言えないが、二人のあいだで緊張が高まっていたころとは何かが違う。だけど、おかしな心配をするのはよそう。キャシーはそう自分に言い聞かせ、今あるものに感謝しながら、自分に許された範囲で彼との時間を思いきり楽しんだ。

週末は母とリチャードにも会いに行った。別の週末にはサンディエゴで一泊し、友人たちとの月に一度のブランチ会に参加した。仕事は変わらず順調で、キャシーをサポートするパラリーガルは、出産を控えたキャシーのためのパーティーを計画してくれた。大学の友人たちも別にパーティーを開いてくれる。母は自宅で祝ってくれる予定だ。

自分の家族を持とうと行動しはじめたときはどうなるかと思ったが、全体として見れば、想像していたよりもずっといい人生だ。

けれど、こんな胸の痛みは想定外だった。

夜の暗闇で、ここにウッドがいてくれたらと思って泣くこともある。でも、朝日がのぼるまでには納得している。こんな不安定な人生を送っている私が、彼の人生をかき乱してはいけないのだと。

講座は楽な服装でという指示だったので、当日は黒のヨガパンツに黒いタンクトップ、その上にオーバーサイズの軽い白のTシャツを着た。髪型は考えずに考えて無造作な団子にまとめた。クリニックで食事は出るようだが、おやつと水は鞄《かばん》に入れておく。すべての準備ができても、ウッドが迎えに来る時間までまだ十五分の余裕があった。

行きの車内では会話が少なめだった。

今はそれで充分だとキャシーは思った。彼がそばにいる。今日はずっと一緒にいられる。二人で息子の出産に関する知識を学ぶのだ。

ところが、教室に入ったキャシーは、ほんの数秒でどうしようもない不安にとらわれた。

「私だけがすごく年上よ」

「美しさじゃ平均以上だ」ウッドがささやく。笑顔にしたいのだと思ったから、素直に微笑《ほほえ》んだ。自分が参加者の誰よりもきれいだとは思わない。でも……半数くらいとなら太刀打ちできるかも。子供のころから美人ではなかった。といって深く気にしたこともなかった。妊婦とつき添い人でいっぱいの教室にウッドと座り、自分と参加したことを彼に喜んでほしいと思っている今このときまでは。

父がよく言っていた。どうにもならないことは思い悩むだけ損だ。そのエネルギーは、自分でどうにかできる問題のために使うべきだ、と。

今自分に何ができるのか、キャシーにはわからなかった。でも〝ウッドとの一日〟を波が運んできたのなら、贈りものは喜んで受けとりたい。そのうち悪いものも運ばれてきそうだが、それに対処するにはまず、すてきな贈りものを楽しむことだ。

午前も半ばに差しかかるころ、ウッドはキャシーとフロアマットの上に座り、陣痛時にとるいろんな姿勢の練習を補佐していた。今は大きなゴムボールに座っての練習中だ。キャシーがいちばん端のマットを選んでいたから、片側にしか人はいない。二十代の女性同士のカップルだった。二年前に結婚して、これが初めての出産だという。彼女たちは〈ペアレント・ポータル〉で新しい技術の恩恵を受けた。まず一人が妊娠し、その後パートナーの体に胎児を移す。そうすることで、どちらの女性も自分のお腹《なか》で子供を育てる時間が持てるというわけだ。

ウッドの隣で女性が笑い、その拍子にボールが動いてキャシーの体がつるっとすべった。学んでいた内容が一瞬で頭から消え、ウッドは床に倒れそうになった彼女を両手で受け止めた。

キャシーは無事ボールの上に戻った。ウッドの両手が背中と下腹部をしっかり支えていた。片手はちょうど腹部のスロープあたりだ。

ウッドは念のため一秒ほど手を離さずにいた。その一秒のあいだのできごとだった。お腹の子がウッドにあいさつをしたのだ。手のひらをはっきり押された。親子での初めてのハイタッチだった。

「今の、わかった?」キャシーがウッドの目を見た。表情でわかったのだろう、彼女は泣きそうになり、まばたきで涙を止めた。

ウッドはまたも唐突に、それまでとは違う自分になっていた。生物学的な意味での父親になり、法律上の父親になり、そして今度は、自分の息子と実際に触れ合ったのだ。

昼休みが近くなると、キャシーはリボンのついたプレゼントがたくさん置かれた、明かりのないクリスマスツリーを見ている気分だった。ウッドはそこにいるのに、いないと感じる。気づかいが完璧で熱心でもあるけれど、どこか彼らしくない。理由はわからなかった。だから、きくのもはばかられた。

お昼には具材を生地でくるくる巻いたサンドイッチと、カットフルーツと、クッキーの入ったランチボックスが全員に渡された。キャシーは車で入るときに見かけた外のベンチで食べないかとウッドを誘った。クリニックの横、花と緑に囲まれた高さ百八十センチほどの噴水に沿って、そのベンチは置かれていた。プレート板の説明によればランドルフ家がジミーを授かった感謝の意味で寄贈したものらしい。ジミーは〈ペアレント・ポータル〉の協力があって生まれた子なのだ。

想像するとキャシーも幸せな気分になった。そして、しばらくウッドと二人きりで話したいと思った。

胎動に触れた感想を聞いてみたい。

講座の内容についてしばらく話した。出産は不安かときかれた。少し緊張はしているが、この子を失うほうがずっと怖い。その辺はぼかして答えた。

そして、ランチも残り三分の一ほどになり、教室に戻る時間がせまってきたころ、キャシーの中である思いが強くなった。せっかくウッドと一緒にいるのに、午前中に続いて午後までむだにしたくはない。彼はここにいたいと思ってくれている。それはわかる。でも、何かがおかしい。

「話してもらってもいい？」キャシーはたずねた。

「何を？」

「わからないけど、あなたに起こってること」

何もないよと彼が言わないことに、キャシーはすぐに気がついた。話せないのなら、それでもいい。無理にきくつもりはなかった。

「このあいだエレーナから言われた――」彼は突然口を開いた。目をそらして顔をしかめている。「家を出る話だったんだが、生き方の話もしてね。それで考えてしまった……」

「ひょっとして、エレーナにまだ少し未練があったりするの？」

「何を言うんだ？　あるわけないだろう」明らかにショックを受けた声だった。キャシーを見返す瞳は誠実だ。「彼女は好きだ。いい夫婦になって幸せに暮らしたかったよ。でも、恋愛感情は持てなかった。どう説明すればいいのか……。死に際の弟に彼女の面倒を見ると約束した。弟が死ぬと彼女は無保険になった。期間半年の高額な保険に入らないといけない。当時はまだ、彼女が歩けるようになるかどうかもわからなかった……」

恋愛感情は持てなかったと言ったとき、彼はキャシーの目を見ていた。嘘《うそ》ではないと思った。

わけもなく悲しかった。

そして、正直、ほっとした。

今のウッドにとって週の最大の楽しみは、郊外の小さな店で月曜の夜に食事をすることだった。九月の第三週に入るころには、新しい習慣ができたような感じだった。月曜はキャシーと過ごす。あとは決まった仕事を繰り返し、夜には毎晩メッセージ交換をして眠りにつく。家具作りは充分に間に合いそうだった。週末は必ず作業小屋にこもった。例外はエレーナと出かけた一度だけだ。平日の夜も時間があれば小屋で過ごした。それを見ていたレトロは、ウッドが夕食の洗いものを始めるや犬用のドアへと動きだし、ウッドが外に出るときにはもう、作業小屋の前でお座りをして待っているようになった。

仕事のほうはそう変わらなかった。ただ、仕事上の多くの知り合いが、現場に来たついでに祝いの言葉をかけてくるようになった。個人のニュースが一瞬で遠くに広まるくらい自分が注目されていたとは、まったく意外だった。そのほかは……平穏だ。何か起こるまではこのままだろう。息子の誕生とか。エレーナが出ていくと言いだすとか。

その九月の第三週、ウッドは自分に許した一杯のビールを飲み干し、ウエイトレスにステーキの残りを下げてくれるように頼み、そしてキャシーに微笑んだ。彼女はチキンサラダの残りは持ち帰っていいかとたずねていた。ファミリーサイズを注文していたのに、見ればもう半分も残っていない。

「何？」彼女がウッドを見返す。数週間前にテーブルの下で膝がぶつかったことがあり、そのとき彼女は脚を引かなかった。ウッドもじっとしていた。それ以来、膝が触れ合っても、食事のあいだはずっとそのままだ。

「会うごとに君の食欲が増している気がするよ」

「これでもドクターに言われた目安の体重より、まだ二キロ以上少ないのよ。だけど、言われるとおりに太っていたら、どこに行くのも大変そう」

彼女は少し疲れやすくなっている。できるなら、家まで行って背中をさすってやりたかった。僕の子供を身ごもっている体を少しでも楽にしてやりたい。

「全部お腹の子の栄養だよ」

「みんなそう言うのよね」

僕はみんなとは違う。彼女の体のあらゆる曲線を知っているし、それに……。

「話したいことがあるの」その言い方で雑念がいっぺんに吹き飛んだ。こういう口調で始まる話が、いい話だったためしはない。

「なんだい？」距離を置きたいのか？　好きな人ができたのか？　わかるわけがない。彼女の好きな色、食べものの好き嫌い、泣いてしまう映画、子供のころに飼っていた犬の名前、わかるのはそういうことだけで、彼女のふだんの過ごし方については、働いているということ以外何も知らない。

「パラリーガルのマリリンにきかれたわ。どうして結婚しないのかって。彼女、私があなたを愛していると思っているの」

まじまじと彼女を見返した。今のは聞き違いだ。ビールの酔いがまわったのだ。だが、かわいい水色の瞳が見せるか弱げな表情は、違うと言っている。

彼女はくしゃっと顔をゆがめた。縮こまったようにも見えたが、頑として視線は外さず、背筋も伸びたままだ。彼女は明らかに何かと闘っていて、ウッドの言葉を求めている。

「実際にそうなのか？」

彼女の目に涙があふれた。「そうならないようにしてる。一つには、自分の気持ちに自信が持てないから。だって、ふつうとはほど遠い人生を過ごしてきたのよ。でも、マリリンにきかれて最初に答えたのは自分のことじゃなかった。あなたのことよ」

「僕のこと？」彼女は黙っている。僕が言葉を引き出すしかないのか。「なんと言ったんだ？」

「優しくて思いやりのある人だけど、それは彼の性格で、私に気があるわけじゃないって。ただ、おかしな体の衝動はあるわよね。考えれば考えるほど、こうじゃないかと思うの。お互い自分たちの子供が生まれるからこんな気持ちになってる。子供の存在が私たちの体を敏感にして絆《きずな》を強めているの。セックスはだめだと自制しているのも理由よ。人間の性として、だめだと思えばよけいにほしくなる」

弁護士らしい話し方だと思った。理屈が通ることをいちばんに考えて話を組み立てている。

「私の話、間違ってる？」

ウッドは肩をすくめた。反論したいのに、彼女を、自分自身を、説得できる材料がない。

僕を愛しているのかどうか、自分の気持ちに自信が持てない。そうだろうとは思っていた。だが……僕の気持ちも信じないのか？

「君が僕を受け入れてくれるなら、僕は明日にでも君と結婚する」

彼女の瞳が潤んだ。「あなたはエレーナとも結婚したわ。あなたを失いたくないの。アランのためにも気まずい関係にはなりたくない。私たちはもう、奇妙な形でつながってる。あなたは精子のドナーで、恋人じゃない。あなたを……失いたくない」

ウッドは身を乗り出して彼女の瞳をのぞき込んだ。「失わないよ」純粋な本心からそう言った。「僕はずっとそばにいる」

十月七日の水曜日、キャシーは職場で破水した。痛みもなくいきなりだった。パソコンの前に座っているとき、急に下着を水浸しにされたような感覚に襲われたのだ。まだ三十六週だ。出産は二週から四週先のはずだった。でもアランは元気に動いている。動いて何かを破いてしまったの？

座ったまま携帯電話をつかんだ。体が椅子の上で固まっている。動くのが怖かった。何か起こったらと不安だった。人工授精したときに携帯に登録した診療所の番号にかけると、病院に来てと指示された。心配しなくていいとのことだった。陣痛が来ていないなら、あと数時間は生まれない。ただし、いずれにしても出産は今日だろうと。

頭がうまく働かないまま、次にはウッドに電話をかけた。メッセージではなく、電話をした。

最初のコールで彼が出た。

「キャシー？　どうした？」朝の十時、彼の仕事は今からだ。

「破水したの」医師の話も伝えるつもりでいたのに、それ以上言葉が出なかった。

「すぐそっちに行く」

「怖いの。怖がる理由はないとわかっているけど、やっぱり怖い。こんなに早いなんて」

「八カ月だからまだ少し早いけど、危険な早産になる月数は超えているよ。八カ月でも健康な赤ちゃんはたくさん生まれてる」

どこでそんな知識を？

そこで思い出した。出産準備の講座で冊子を渡されたのだ。彼はあれを全部読んだのだろう。

「もうトラックに乗ってるの？」突然、なんの準備もできていないことに気がついた。入院用のバッグは家だ。着替えは持ってきていない。それから……ああ、どうしよう……息ができない……。

「キャシー？　キャシー？　返事をしてくれ」声が聞こえてくるが、下腹部と背中の強烈な痛みで返事ができなかった。返事の代わりに叫び声が出た。

携帯電話が床に落ちた。

工事現場からキャシーの事務所までの八分間は地獄だった。落ち着こう。しっかりしないと。手の震えが激しくて、電話がうまくかけられない。

キャシーとの通話は切らずに九一一に電話をし、救急車を事務所のほうに向かわせた。別の誰かが電話していたら二台行くことになるが、構うものか。

通話をもとに戻し、オフィスの音に耳をすました。キャシーがうめいている。苦しそうだ。誰かがキャシーの名を呼び、続いて切迫した声が聞こえたが、何を言ったかまではわからなかった。

どう考えても異常だ。キャシーのうめき声にはとぎれがない。陣痛が数分どころか、数秒も止まる様子がない。そもそもこれは陣痛なのか？

事務所はもうすぐだった。持ちこたえてくれ。キャシーを、息子を、失いたくない。

「もしもし！　誰か！　電話をとってくれ！」

「動かしてる時間はないわ。彼女を寝かせて！」女性の声がした。知らない声だ。考えてみれば、今まで面識があるのは彼女のパラリーガルだけだ。彼女の同僚にも、友人にも、家族にも、会っていない。

その事実が、急に耐えられなくなった。

「もしもし！」最大限に声を張り上げた。

「はい？　どなたですか？」

「ウッドです。ウッド・アレグザンダー。今そっちに向かっていて、もう着きます」

「マリリンです。前に一度……」

「……覚えてます」相手の言葉をさえぎって、駐車場に車を入れた。「今の状況は？」

「生まれそうなんです。救急車を呼んだけれど、このままじゃ間に合わない」

電話のむこうから、人の声かと疑いたくなるような苦悶《くもん》の声が聞こえてきた。

ウッドは急いでトラックを止めると、鍵束をつかんで走りだした。

21

あの数時間のできごとは一生忘れられないだろう。ウッドが駐車場から来てドアを抜けると、待っていたマリリンが個人のオフィスが並ぶ奥の廊下に先導してくれた。ロビーの先に鍵がかかっていることなど完全に失念していた。

ウッドが部屋に飛び込んだときは、複数の人間がキャシーのデスクの後ろに集まっていたが、見知った顔は一つもなかった。少なくとも三人はいるようだった。淡い色のブラウスにドレスパンツを合わせた女性が、キャシーの脚のあいだに膝をついていた。黒いワンピースがたくし上げられていて、素肌が見えた。キャシーの目が視界に入った。ぼんやりとして、うつろだった。考える力もないように見えた。

ウッドはキャシーの肩口近くに膝をつくと、頭を起こして抱え込んだ。講座で学んだ形を参考にした。いきむ手助けをするのではない。まずは彼女を落ち着かせなければ。

「僕だよ、キャシー。ここにいる。偉いぞ。大丈夫だからな。心配いらない。君は立派だ」何度も何度も声をかけた。彼女がうめいたときも、大声をあげたときも、ひたすら声をかけつづけた。顔を見つめ、彼女がウッドのほうを見たときは、しっかりとその視線を受け止めた。

ウッドが来たとわかっているのか微妙だった。誰だか気づいていないようでもあった。それでも頑張って励ました。それが自分の役目だから。

事態が一変したのは、救急隊が駆け込んできたときだった。救急隊はどこまでも冷静で、みなさんは全員外に出てくださいと指示をしてきた。

ウッドはその場を動かなかった。離れられるわけがない。僕は二人のそばにいる。「僕は父親です」ウッドは言った。

驚いて息をのむ声がキャシーのそばであがったようだったが、そんなことはどうでもよかった。

「大丈夫だよ」キャシーに声をかけた。若い隊員がキャシーの脚のあいだに膝をついて状況を確認していた。「そのままで大丈夫だから」彼女は救急隊が来てからずっと、苦しげにうめいている。

「男の子ですか？　女の子ですか？」

「男の子です。アランといいます」ウッドは答えた。

ストレッチャーが部屋に運ばれてきた。

「動かしている時間はなさそうですね」赤毛の若い隊員が言った。「もう半分出ています。さあ、お母さん、一度いきんで。それで生まれますよ」

隊員の声が聞こえたのか、体がいきめと命じたのか、キャシーはもう一度大声をあげて、それから動かなくなった。

小さな命が手から手へと渡された。ウッドは視線を戻してキャシーを注視した。

息をしている。だが、静かだ。目は閉じている。きれいな顔はもう苦悶《くもん》にゆがんではいない。

彼女の脚のほうでは、かさかさと音がして、手際よく処置が行われていた。会話は小声で聞きとれない。おそらく、キャシーに聞こえないようにという配慮なのだろう。

一つだけ足りないものがあった。

赤ん坊の泣き声を聞いていないのだ。

体が持ち上げられるのをキャシーは感じた。よく頑張ったね、安心していいよ、とウッドが言っている。いちばん苦しいときに彼はそばにいてくれた。キャシーはずっと彼の声だけを聞いていた。彼の言葉は何か大切なことを思い出させてくれた。

けれど、記憶といえば痛みだ。とにかく痛かった。次に……感覚がなくなった。今はただ眠りたい。

「僕も行きます」興奮したウッドの声。キャシーが初めて聞く声だった。目をあけると、ストレッチャーの端に彼の頭だけが見えた。私は天国にいるのかもしれない。そして彼は地上にいる。

「ウッド？」喉がからからでうまく声が出せない。

「ここだよ、キャシー」口調が変わり、混乱の中でも頼りになるいつもの冷静な声に戻っていた。今度は体も見えた。隣に座っている。自分たちは運ばれている。速い。サイレンの音が聞こえた。

「生まれたのね」ここは救急車の中なのだ。

ウッドが頷《うなず》いた。彼は笑っていない。

「赤ちゃんはどこ？」

「そこにいるよ」ドア脇にある小さなベッド状のものを頭で示した。担当らしき人がのぞき込んでいる。

「元気なの？」泣き声は聞いていないが、必ず泣くとは限らない。おぎゃあと泣かずに初めての呼吸をする赤ちゃんもいるのだ。

「まだわからない」青い瞳が悲しげだ。「輸血をするみたいだ。酸素飽和度がどうとか言っていた」

キャシーは目を閉じた。ああ、そんな。悪い波でありませんように。いい波が来ますように。お願いです、今回だけはどうかいい波を。望むのはこれきりにします。誰にだって誓います。もうウッドとどうにかなりたいなんて思いません。この子の命だけは、どうか奪わないで……。

病院に着くまで、キャシーはずっと祈っていた。

キャシーとアランは病院に着くなり、すばやく車外に運び出された。ウッドはストレッチャーを追うよう指示されたが、あるドアの前まで来ると、あなたはここまでですと言われ、キャシーだけが運ばれていった。ウッドはまだ息子をよく見てもいなかった。顔を見せてくれたり、抱かせてくれたりする人は誰もいなかった。管をつけたり、処置をしたりするだけで救助隊は手いっぱいだったのだ。

ウッドが救急車に乗り込んだときを除いて、キャシーはずっと目を閉じていた。彼女は大量に出血していた。オフィスから彼女が運ばれるときに床に残った血をウッドは見ている。出産であれだけの出血はふつうなのか、彼女は危険な状態なのか、ウッドにはわからなかった。ドアが閉まった数分後に、エレーナに電話をした。エレーナはこの病院のどこかにいる。今何が起こっているのか、彼女ならおおよそのところは説明できるはずだ。

電話で話すどころか、彼女は飛んできてくれた。

「震えているじゃない」椅子を二脚見つけ、二人でドアの向かいに運んで腰を下ろしたあと、エレーナはウッドの手をとった。彼女によれば、こういう場合はこれが通常の手順なのだという。徹底的に検査をして、場合によっては縫合もすると。

それならまだいい。もっと悲惨な結果もありうる。

彼女は言わないが、ウッドにはわかった。

「愛しているのね」いたわるような口調で言われ、違和感を覚えた。

「無事を確認したいだけだ」あの声は異常だった。あんな声は……」両膝に肘をついて頭を抱えた。悲痛なうめき声がまだ脳内で聞こえている。

「ええ」エレーナの口調は変わらなかった。だが、ウッドの気持ちは手にとるようにわかるのだろう。彼女にはピーターと車内に閉じ込められた過去がある。そのときのピーターは骨が突き出ていながら、まだ意識がある状態だった。「無力だと感じるのは罪じゃないわ。人は超人にはなれないの」

「僕のことはどうでもいい」ウッドは立ち上がった。ドアノブが動く音が聞こえたからだ。

「今から病室に運びます」看護師が部屋番号を伝え

た。「十分ほどかかりますから、電話など何か用事があれば、そのあいだにされるといいですよ」

「彼女は無事なんですか？　アランは？」

　別の女性が部屋から出てきた。「ドクター・アボットです」ウッドに手を差し出してきた。「お父さんですか？」

「はい」

　医師はエレーナの白衣とスクラブに気がついた。

「私は上の階にいる核放射線医学のレジデントです。彼の妹です」エレーナが答える。

「二人は無事ですか？」ウッドは重ねてたずねた。

「彼女は大丈夫です」医師は微笑《ほほえ》んだ。「十二時間かかる仕事を一時間もせずに終えてますからね、そのせいで疲労しています。ですが、裂傷はわずかでした。ほかにはなんの問題もありませんよ」

　三十分前はとてもそんなふうには見えなかった。だが医者の言葉は信じたい。十分後には明るい顔でキャシーの部屋に入っていこう。

　だが、今はまだ頭がふらふらしている。ウッドは耐えられずに腰を下ろした。


　運ばれていたキャシーは、廊下で待つウッドに気がついた。手を伸ばして彼の手をとると、彼は横についてそのまま部屋に入ってきてくれた。

　キャシーはすでにベッドに寝かされていたので、点滴のポールがセットされてウッドと二人きりになるまで一分とかからなかった。

　いろんなことがありすぎて、何から話せばいいのかわからなかった。それに、アランのことが心配で、ほかのことなど考えられない。

「これはすぐに外れるらしいわ」手に刺さった点滴の針を指して言った。「ただの砂糖水よ。何かを足す場合もあるから、念のためだって」

　彼は頷いた。ベッドの脇に立ってキャシーを見ている。ただ見ている。何を考えているかはわからなかったが、いつもと違う。少し……緊張ぎみだ。気弱さ、みたいなものがのぞいていて、ベッドの柵を関節が白くなるほど強くつかんでいる。

「アランは闘っているわ」

彼は頷いた。「エレーナに電話をしたよ。もうこっちに下りてきている。何かわかることがないか、彼女なりに調べてくれるそうだ」

涙が込み上げてきた。泣き虫でもないのに、妊娠してからは泣いてばかりだ。それがホルモンのせいなのか、新たな愛を知ったからなのか、キャシーにはわからなかった。

「アランならきっと大丈夫だ」そう言う声はいつものウッドの声だった。彼はキャシーの頬に手をすべらせ、目の下をなでた。そしてキャシーの顔にかかった髪を後ろになでつけた。ポニーテールはどこかの段階でほどけていたようだ。

「酸素飽和度が低いらしいの」頭の中でずっと聞こえているその言葉を、伝えずにはいられなかった。伝えれば少しは怖くなくなる気がした。

「うん。だけど、早産だとめずらしい話じゃない。アランは一時期貧血だったろう。それで特別な検査をいろいろしているんだ」

そんな話は初耳だった。

「お母さんには連絡した？」ウッドはキャシーの手を握り、足先で椅子を引き寄せた。

「私の注意をそらそうとしていない？」

「正解だ。でも、お母さんは何があったのか知りたがると思うよ」

「連絡はしたわ。看護師さんが手伝ってくれて電話できたの。飛行機とタクシーを乗り継いですぐに来るって。飛行機を降りたら電話すると言うから……あなたの番号を伝えたわ」

「それでいい」

キャシーはトレイに置かれていたオレンジジュースに口をつけた。痛みはないかとウッドはきいてきた。体のほうは驚くほど楽だった。ひりひりする感覚はもちろんあるが、少し前の身を裂かれる激痛に比べれば拍子抜けするほど軽い痛みだ。赤ちゃんがあっという間に出てきたせいだと医師は言った。何時間もかけて広がる子宮口が、三センチから十センチまでほんの数分で広がったようだ。

必要なものがあるとウッドに話した。家にある入院用のバッグ、下着、携帯電話、鞄《かばん》。鞄には鍵が入っている。彼が携帯電話を貸してくれたので、パラリーガルのマリリンに電話をしてみた。キャシーの声を聞いて元気だと知るとマリリンは驚喜し、なんでも持っていくと言ってくれた。

ウッドは帰るつもりがないらしい。それは構わない。彼はアランの父親だ。いて当然なのだ。けれど、キャシーにとっては精子のドナーでしかない。ただの友人だ。今朝の記憶に靄《もや》がかかった部分はあっても、波と交わした契約はしっかり覚えている。アランは元気になるはずだ。そのときキャシーは、ウッドと親友以上の関係になりたいという身勝手な思いを、すべて捨てなければならない。

どんなに愛していてもだ。実際、愛している。激痛の中で彼をそばに感じてわかった。はっきりと確信した。彼はかけがえのない大切な人だ。

栄養士が来て、よければランチをと言ってきた。食べよう、とウッドは強い口調で言った。

「母乳で育てるのなら、君もしっかり栄養をとらないとだめだ」誰もが母乳を与えられるわけではないし、母乳が出ない人だっている。それは二人とも知っているが、彼の言葉にキャシーは頷いた。チーズバーガーをもらって、半分だけ食べた。

三十秒ごとにドアを見ては、またウッドの顔に視線を戻した。怖くてたまらなかった。なんとか落ち着こうとした。息子は生まれてもう二時間はたつ。なのに私はその子の顔さえ見ていない。

食事を終えてすぐ、ノックの音がした。誰だかわからない相手に、キャシーはどうぞと呼びかけた。不安だった。その人物の顔を見たとたんに、今食べたランチを戻してしまうかもしれない。医師がいい知らせを持ってきたの？

それとも、悪い知らせ？

アランはドアのむこうにいるの？　元気になっていたら、この部屋に連れてきてくれるの？　もし、元気でなかったら……。恐怖に胸がふさがれて、息ができなくなった。

ドアが押しあけられて、キャシーの知らない美しい女性が入ってきた。が、白衣を着ているとわかったとたん、悪い知らせを予感して全身に力が入った。乗り越えてみせる。アランと二人で乗り越える。あの子は生きてる。それはわかる。あの子も私もこんなことで負けやしない。計画を立てて、一つずつ対処を……。

医師はウッドを見て微笑み、彼に近づいて肩に手を置いた。「こんにちは、キャシー。エレーナよ。ウッドの義理の妹です。やっと会えたわね」茶色の瞳が優しげだ。思いやりにあふれている。

キャシーは一瞬で好感をいだいた。だが、彼女はウッドの妻だった人だ。きっとすてきな女性なのだろう。考えると急に胸が苦しくなった。こんな気持ちは初めてだ。ウッドの肩に置かれた手……とても自然だ。特別なことではないとわかる。さりげない触れ方だった。それが許される関係なのだ。

私は彼の子供を産んだ。なのに私は、こんなふうに彼の肩には触れられない。

「伝えたい話があって来たの。もうすぐ担当のドクターがここに来る。新生児室でアランのことを聞いていたら、そのドクターが急患で呼び出されてね。

それで、私が先に概要を伝えてもいいということに。あなたが心配しているだろうからって……」

「つまり？」ウッドがたずねた。

エレーナはキャシーに微笑みかけた。「アランは無事だし、元気になるわ。私が見たときは赤血球を輸血する準備をしていた。赤血球には酸素を全身に運ぶ役割があるけれど、アランの場合は数が少なかったの。今は経過を見ているからまだ動かせない。でも、夜までにはここに移せそうよ。無理だったとしても、あなたのほうから会いに行ける」

涙がこぼれた。私は一人だ。そばにいるのは長年家族として暮らしてきた元夫婦で、彼らは離婚後もつながっている。でも二人の絆《きずな》をうらやむ気持ちも、蚊帳の外に置かれてねたむつもりもなかった。

願いは届いたのだ。

息子は元気だ。

「少し話せる？」去り際、エレーナがウッドに声をかけてきた。それまで彼女は携帯で撮ったアランの写真をキャシーと共有し、矢継ぎ早に飛んでくるアランについての質問に答えていた。エレーナのほうもまたキャシーにたずねていた。自分をアランの叔母さんとして認めてもらえるだろうかと。

叔母となる栄誉は、涙声になったキャシーからすぐに与えられた。

キャシーは携帯電話を胸に抱いて目を閉じていた。ウッドはその様子をいっとき見つめ、それからエレーナについて部屋を出た。「感謝するよ。本当にありがとう。君にとってこの仕事は天職だね。さっきの話し方なんて、聞いていて感動したよ」

彼女は微笑んだが、喜んでいるふうではなかった。どこか……決意を固めたような表情だ。

「どうした？」

「前に言ったこと、全部忘れてほしいの。キャシーにあまりのめり込まないようにとか、自分を犠牲にして人の世話をしているとか言ったこと」

ウッドは壁にもたれた。「え？」

「私はひどく自分勝手だった。あなたを失うのが怖かったのかも。そこにいる女性はあなたを愛してる。それで気づいたの。あなたを縛って、やりたいことから遠ざけていたのは、この私なんじゃないか、私の不安がそうさせていたんじゃないかって」

「キャシーは僕を愛してはいないよ」ウッドはまっすぐに立った。「少なくとも、愛かどうか僕たちには知りようがない。これだけいろんなことが起こっているんだ。それから……」すばやく先を続けた。「君が僕を失うことはない。僕は君の兄さんなんだ。それと、もう一つ――」ぐっと唾をのんだ。「信じられないかもしれないが、君が僕を必要としているように、僕だって君を必要としているよ」それが家族というものだろう。

彼女は涙を浮かべてかぶりを振ったが、口元には笑みがあった。ウッドにハグをしてから体を離した。

「ビッグブラザー、あなたがどう言おうと、キャシーの愛は本物よ。彼女があなたを見ているときの顔を、一歩下がってよく観察してみて」ビッグブラザー。それはピーターがウッドを呼ぶときにいつも使っていた言い方だった。「何人かの女の子とつき合ってたときのあなたも知っているけれど、そのころのあなたは、今キャシーに見せているような顔は見せていなかった。私にもね」

ウッドはまじまじとエレーナを見つめた。

「それから……これはお知らせ。今度ジェイソンから一緒に夜を過ごす誘いを受けたら、たぶんイエスの返事をするわ。ここ数カ月のあなたの変化を見ていて、私もまたそういう経験がしたくなったの。挑戦だけでもしてみようかって」エレーナは泣き笑いの顔を見せた。「朝まで戻ってこなくても、ビッグブラザーは詮索しないでね……」

エレーナは僕を解放するつもりだ。彼女自身ももう詮索はしないと暗に言っている。

「キャシーのところに行ってあげて。さあ」

ウッドは状況を理解した。エレーナは前に進む準備ができたのだ。ピーターが残した心の穴を、新たな恋でふさごうとしている。僕の役目もここまでだ。ウッドは心の底からよかったと思った。そして、役目を終えたことが少しだけさみしかった。

「君のジェイソンに伝えてくれ。エレーナを泣かせたりしたら、この僕が容赦しないってな……」がらんとした廊下で、去っていく彼女の背中に呼びかけた。これが自分の性分だ。大切な人たちはこれからも守っていく。

強い感情が胸をよぎり、ウッドはたまらず壁にもたれて目を閉じた。まさに感情の水門がいっきに開いた、という感じだった。心の門を安易に開くことは避けてきた。だが、もうこれ以上、キャシー・トンプソンへの愛を封じておくことはできない。

彼女は僕の息子の母親だ。僕の魂の片割れだ。

キャシーはぼうっとしたままその日を過ごした。ウッドが戻ってきたときには眠りかけていて、彼がソファに腰を下ろすや、完全に眠りに落ちた。

ドアのあく音で目が覚めたのが、夕方の四時ごろだった。何が起きているかに気づいて、キャシーはさっと上体を起こした。「赤ちゃんが来ましたよ」ふくよかで明るい女性が声をかけてきた。ウッドはベッドの上、すぐ隣にいる。キャシーは両手を伸ばして息子を受けとり、自分の胸に抱き寄せた。

喜びの涙が頬を伝った。

親子でゆっくりできたのはそこまでだった。医師による検診やバイタルチェックは、キャシーはもちろん、元気になって一緒の部屋にいることを許されたアランに対しても行われた。おむつ替えもしないといけない。母乳もすぐに与えてみるよう勧められた。弁護士事務所の人たちが一人ずつやってきて、短い時間見舞ってくれた。自分の携帯電話が手元に来てからは大学時代の友人にも電話をしたので、その後は、早くアランに会いたいという友人たちから次から次にメッセージが届いた。キャシーの母も来てくれた。ウッドは夜も一緒にいるからと、着替えをとりに家に戻った。エレーナはシフトの終わりに寄ってくれた。

九時過ぎに母がキャシーの家に帰っていくと、部屋にはキャシーとウッドと眠っているアランだけになった。新生児用のベッドはすぐ横に置かれていたが、アランは胸に抱いたままでいた。自分が眠るとき以外は、この子を肌から離したくはない。

ウッドに頼み、高いところにある戸棚下の明かりだけを残して、電気を消してもらった。彼はすぐにベッド脇のソファでくつろいだ。

彼はいまだにアランを抱いていない。一、二度抱いてもらおうとしたのだが、人の出入りが激しかったから、彼が断ったことに気づいたのはキャシー一人だけだったろう。父と子が最も接近したのは、ベッドに乗った彼が、アランを抱くキャシーの後ろ、背もたれ代わりの枕に腕をまわしたときだった。キャシーの母が写真を撮ってくれたのだ。

彼を思うと胸が痛かった。どういう理由で抱くことを避けるのか。気のきいた言葉をかけたいのに言葉が見つからない。自分がウッドを助ける立場にはないという遠慮も、どこかにある気がした。

「初めて会ったとき、僕は学歴の差、というより自分の低学歴をことさら問題にした。あれは、自分には欠けているものが多いと思っていたからなんだ」

嘘《うそ》のない言葉だと感じた。本心なのだと。

「私のせいで自分に価値がないとか、足りないものがあるとか思わせてしまったのなら、本当にごめんなさい。私はあなたを尊敬してる。誰よりも立派だと思ってる。私の父に関しては誤解させてしまったかもしれない。でも信じて。父に匹敵するくらいすてきな人なんて絶対にいないと思っていた。でもあなたは父と重なった。今後もあなたにアランの父親でいてほしいと思ったのはなぜだと思う？　私がどんな感情をいだいたかは関係ないの。この子に必要なものをあなたが持っていると思ったからよ」

「君に出会ってから、僕は僕でなくなった」キャシーの言葉などまったく響かなかったかのように、彼が続ける。「心がもやもやしていた。君といるときだけじゃない。自分自身のことでもだ」

方向性が見えなかったが、とても重大なことが起こっているように思えて、キャシーは彼を見つめた。最後まで聞かなくては。どれだけつらい話でも。

「少し前からわかりかけていた。でも今日……君が苦しむ声を聞いて……君を失うかもしれないと思ったとき……疑う余地はなくなった。エレーナからも……そこに向き合えと……。君と出会って、今までの生き方じゃもの足りないとわかった。いろんな生き方があると気づかされた。何より僕は、自分の人生を生きることから尻込みしていた。君との出会いが、はまり込んでいた安全地帯から僕を引きずり出してくれたんだ。大切な人たちにはこれからもつくしたい。だけど、僕自身の夢も持とうと思う」

驚いた。私との出会いで彼がそう思ったのなら、報われないこの愛も、むしろうれしい重荷だと思えてくる。彼は私にアランをくれた。そして私も彼に、大きな夢を持つ力を与えていたのだ。

彼が立ち上がり、キャシーの隣に腰を下ろして、また背中の枕に腕をまわした。自分たちは今日、親になった。なのに、偶然何度か手を握ったり、ハグをしたり、膝が触れたりしたことを除けば、親密な触れ合いはいまだにない。

「それで、君にお願いがある」彼は空いているほうの手で何かを差し出してきた。キャシーはそれを受けとってから、手にのったものを確認した。

小さな宝石の箱。指輪のサイズだ。

でも、これはイヤリングだろう。自分の息子を産んだ女性への感謝の印だ。

片手はアランを抱えている。箱はあけられない。

「お願いって？」キャシーは箱を見つめていた。見ずにはいられなかった。今日キャシーは契約をした。生死に関わる契約だ。それなのにもう、許されないことまで望んでいる自分がいる。

私はどうしてしまったの？

「僕の夢を叶《かな》えるためのお願いだ。結婚してほしい」彼はキャシーの手の中にある箱をあけた。入っていたのは、実生活では見たことがないほど大きなダイヤモンドの指輪だった。母の指輪のダイヤモンドよりも大きい。あの指輪だって見るたびにすごいと思っていたのに。「というより、自信があるんだ、僕ならきっと君を幸せにできる。僕と結婚すると言ってほしい」

抱いている息子の温《ぬく》もりを感じた。その温もりにキャシーは安心を求めた。手には箱がのったままだ。

「だけど……今の私はとんでもなく情緒不安定なの。どう転ぶかわからないまま、あなたを利用するようなまねはしたくない。あなたをおかしな関係に引きずり込んで、こんなはずじゃなかったと後悔させたくはないの……」

「そう言う君は、アランが僕を好きになることを信じているね」

「ええ、私にはわかるから」

「君は僕を愛している。僕がそう信じていると言ったら？」

キャシーは彼を見つめた。急に怖くなった。

私は契約をしたのだ。

自分自身にも誓っている。ずいぶん前から考えることもなくなっていたが、本当にほしいものを前にして突然身動きがとれなくなった今、そして、すべてを失いかけたときからほんの数時間しかたっていない今、脳裏によみがえるのは、父を埋葬した夜に一人で墓地に座っていた少女の記憶だった。母とリチャードは父の家にいて、父の私物を片づけていた。キャシーは車を出して……。

あのとき誓ったのだ。自分は決して恋愛にのめり込んだりはしない。関係が壊れたときに立ちなおれなくなるような恋愛はしない。大好きな父だけれど、自分は父とは違う。離れていった人を思いつづけて、一生さみしく過ごしたりはしないと。

でも、父には母と過ごした時間があった。幸せな思い出が残った。

私には愛した人との思い出もない。ある意味、父より孤独だ。だけど……。

「二カ月ほど待ってみてもいい？　怖いの」

「怖いのは僕を愛しているからだよ」

そのとおりだ。そう思えばすべて説明がつく。

「愛されていることを僕がどうやって知ったか、わかるかい？　今朝、危険な状態になったとき、君は僕を頼った。この何カ月か、君は自分の幸せより僕の幸せを優先させていた」ウッドが言い、キャシーは泣きそうになりながら彼を見た。そばにいてほしい。彼を愛している。

「人を愛するのは怖いわ。誰かを好きになった話はよく耳にする。恋人たちは互いにのめり込んで、夢中になって、結婚していく。そして……。私は怖くてたまらないの。私の父はすてきな人だった……その父が悲しみの淵《ふち》に突き落とされて……」

「そうかもしれない。違うのかもしれない。お父さんは望んだ生活を手に入れて、休みを君と過ごせるだけで最高に幸せだったのかもしれないよ」

父が進んで一人になったと考えたことはなかった。

ああなることは父には避けようがなかった、修復しようにもできなかったのだと思っていた。

「人を愛するのは怖い」ウッドの声が暗い部屋に優しく響いた。「この小さな息子への愛もそうだ。今日この子が助からなかったら、僕たちは精神的にぼろぼろになっていた。でもほら、その顔……今の君は子供を抱いて、本当に幸せそうだ……」

キャシーは彼を見上げた。眠っている我が子を見つめる彼の瞳は輝いていた。「あなたも私も、こんな幸せは想像もしていなかったわね」

彼は頷いた。「子供のことでつらい思いをしたくないからこういう経験はいらないと思うかい？　子供も産まなくていい、なんて思うかい？」

「思うはずないわ」

彼はキャシーを見ている。待っている。


「愛してる。あなたを幸せにしたい。一生そばにいたい。あなたとアランを幸せにしたい」

「だったら指輪を受けとって、指にはめて、一生僕の家族でいると言ってくれ」

キャシーは指輪の箱を手から落とすと、彼の頭を引き寄せて言葉を封じた。唇を奪い、その唇に舌をはわせて、吐息で彼を魅了した。ファーストキスのようなためらいはなかった。舌を差し入れ、からませて、子供を産んだばかりでも、その子を腕に抱いていても問題のない唯一の方法で、彼を愛した。

彼は抵抗しなかった。それどころか、キャシーが動きやすいよう、アランとキャシーを胸に抱き寄せ、自分は完全にベッドに乗って、二人を支えながらキスを返してきた。

信じられない。こんな大変な一日を終えたあとなのに体が反応している。小さな欲求が急激に鋭さを増してきて、キャシーはしかたなく体を離した。

「つまり、イエスなんだね?」ウッドは指輪の箱をシーツの上に見つけると、指輪を出してキャシーの指にはめてくれた。これが愛という感情なの? こんなに強い感情があったなんて。

こんなにすてきな感情があったなんて。

キャシーはさらにキスを続けた。

そしておしゃべりをした。彼がキャシーの家に引っ越す話は、すぐに行動に移すことになった。わんちゃんは連れてくるのかときくと、エレーナがさみしがるなら置いてくるが、そのときは自分たちも犬を飼おう、レトロが来たときにはいい遊び相手になるよと言う。子供部屋の家具はほぼ完成していて、今もまだウッドの作業小屋に置いてあった。それらはウッドが私物と一緒に運ぶ予定だ。今の家はエレーナが望めば彼女に譲るつもりらしい。

考えることはたくさんあった。感謝することはたくさんあった。ありえないくらい胸がいっぱいで、キャシーはまた泣きそうになった。

「これはいつの間に買ったの?」気持ちを切り替えようと、薄明かりにきらめく指輪を見つめた。

「僕じゃない。君のお母さんに頼んで、空港からこっちに来る途中で買ってもらった」

そうか、だから母の指輪に似ていて、でも大きくてきれいなのだ。娘には自分よりもいいものを、という親心なのだろう。

「救急車の中では、君が遠くに行ってしまうかもしれないと思った……そのときにわかったんだ、君が僕の求めていたただ一人の女性だと……」

「私は祈ってた。父がよく言っていたの。波はいいものも悪いものも運んでくる。悪い波が来たら、耐えること。次にはいい波が来るって。私は契約をしたわ。次の波がいい波なら、アランが助かるのなら、手に入らないものをほしがることはやめる」

「僕のことだね?」

キャシーは頷いた。また涙がこぼれそうだ。「愛しているわ、ウッドロウ・アレグザンダー」

「僕も愛しているよ、キャシー。今だけじゃない、この愛は一生変わらない」彼はキスをしてきた。舌使いも控えめな、優しいキスだった。「死ぬまで一緒にいたいと思ったのは君だけだ」

彼は親指でアランの頬をなでた。

「あのね、ウッド。ちょっと考えたんだけど」

「何？」

「あなたの願いはすべて現実になろうとしてる。その事実はもう認めていいんじゃない？　あなたはそばで観察して手を貸すだけの、ただの傍観者じゃない。私と同じ中心人物だわ。病院を出る前にサインする書類が、その証明よ」キャシーは体の位置をずらすと、赤ちゃんを彼の体に沿わせ、肘の内側で抱けるよう手助けをした。

このときのウッドの顔を、キャシーは決して忘れないだろう。腕の中にいる息子を見て、彼は純粋に驚き、感動していた。忘れられるわけがない。

「この子のファーストネームは私がつけたわ」胸が熱くなって、声を出すのが苦しい。「セカンドネームはあなたがつけて」少し前から、いつ切り出そうかと考えていた。

「本気なのか？」彼はアランからキャシーに視線を移し、そしてまたアランを見た。

「あなたの理想を考えて、ウッド。あなた自身の望みを言ってみて」

「わかった、この子の名前はアラン・ピーターだ」

「アラン・ピーター・アレグザンダー」口に出して言ってみた。しっくりこなくて、もう一度言った。私は今、ようやく心の扉を全開にしている。「ピーター・アラン・アレグザンダーはどう？」

僕の意見はきかないの、とでも言いたげに、アランがそこで目を覚ました。

ハーレクイン®

生まれくる天使のために
2024年5月5日発行

著　　者　タラ・T・クイン
訳　　者　小長光弘美（こながみつ　ひろみ）

発 行 人　鈴木幸辰
発 行 所　株式会社ハーパーコリンズ・ジャパン
東京都千代田区大手町 1-5-1
電話 04-2951-2000（注文）
0570-008091（読者ｻｰﾋﾞｽ係）

印刷・製本　大日本印刷株式会社
東京都新宿区市谷加賀町 1-1-1

表紙写真　© Tkgraphicdesign | Dreamstime.com

ISBN978-4-596-53981-6 C0297

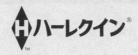